KB078529

조선의 봄

매검향 장편소설

FUSION FANTASTIC STORY

조선의 봄 2
매검향 장편소설

초판 1쇄 찍은 날 § 2017년 2월 22일
초판 1쇄 펴낸 날 § 2017년 3월 1일

지은이 § 매검향
펴낸이 § 서경석

편집책임 § 김슬기

펴낸곳 § 도서출판 청어람
등록번호 § 제387-1999-000006호
등록일자 § 1999. 5. 31
어람번호 § 제1-2640호

주소 § 경기도 부천시 부일로 483번길 40 서경B/D 3F (우) 14640
전화 § 032-656-4452   팩스 § 032-656-4453
http://www.chungeoram.com
E-mail § chungeorambook@daum.net

ⓒ 매검향, 2017

ISBN 979-11-04-91221-4 04810
ISBN 979-11-04-91219-1 (세트)

조선의 봄

2

매검향 장편소설

FUSION FANTASTIC STORY

청어람
도서출판

鮮春 조선의 봄

목차

CONTENTS

제1장
고본계(股本契)

다음 날.

오늘도 여느 날과 다름없이 새벽같이 일어난 병호는 의관을 정제하자마자 서기 이파를 호출했다. 곧 그가 문안 인사를 드리자 그의 인사가 채 끝나기도 전에 지시를 내렸다.

"오늘 즉시 밤섬에 가서 2천 석 이상을 실을 수 있는 선박을 3척 주문하시게."

"왜 갑자기 서두르십니까?"

이파의 물음에 병호가 낮은 음성으로 답했다.

"곧 염전 개발권을 획득할 것 같아. 아무래도 실기한 느낌을 지울 수 없어. 하니 가급적 1년 안에 건조를 부탁하시게."

"너무 무리한 주문 아닐까요?"

"돈이 좀 더 들더라도 1년 안에 전조를 할 수 있다는 곳에 맡겨."

"일단 알겠습니다. 헌데 포섭한 조선장 건은 어떻게 되는 겁니까?"

"사실 대규모 조선소 건립을 계획하고 있어. 그것도 지금의 조선 배와 같이 연근해용이 아닌 타국을 왕래할 수 있는 대형 선박을 건조할 수 있는 대규모 조선소."

"그런 선박을 건조에서 무엇에 쓰시려고요?"

"일단은 청이나 왜에 소금을 수출해야지."

"그 정도의 물량을 생산해 내려면 상당한 시일이 소요될 텐요."

"3년 안에는 가능하도록 만들어야지."

"네~?"

너무 놀란 이파의 눈이 커질 대로 커졌다.

"그렇게 알고 서둘러 주시게. 또 조선장도 그런 계획이니 계속 유능한 기술자들을 많이 포섭하도록 지시하고."

"알겠습니다. 저가!"

그가 돌아서는데 새벽같이 정충세가 들이닥쳤다. 무슨 좋은 일이 있는지 싱글벙글하며 돌아오는 그의 뒤로 낯선 인물

네 명이 따르고 있었다.

"고문님, 비림에 좋은 분들을 많이 모셨습니다."

"아니 지금까지 구하지 못하던 사람을 한꺼번에 어찌 그렇게 많이 구했소?"

"무슨 일인지 어제 좌우포청의 종사관 및 부장 십여 명을 일시에 체직(遞職)시키는 일이 벌어져, 그동안 공을 들이던 분을 네 분씩이나 한꺼번에 모실 수 있었습니다. 제 뒤에 있는 분들이 그분들입니다."

정충세의 말에서 병호는 감을 잡을 수 있는 것이 있었다. 저들 쪽에서 우선 손쓰기 쉬운 하급직 실무자들부터 자신들의 인물로 충원해 천주교인 탄압을 준비하고 있는 모양이었다. 내심 어떻게 된 연유인지 파악한 병호가 성큼 한 걸음 앞으로 나서며 그들에게 자신을 소개했다.

"반갑소! 나 김병호라는 사람입니다."

병호의 소개에 네 사람의 얼굴이 가히 볼만했다. 어이없어하는 사람, 어안이 벙벙해 뭐가 어떻게 돌아가는지 모르겠다는 사람. 심지어 비웃음까지 매달고 있는 인물도 있었다.

이런 그들을 보자 병호는 내심 뿔이 났으나 인내하고 점잖게 말했다.

"일단 안으로 듭시다."

자신의 나이가 어리다고 깔보는 듯한 이들을 데리고 자신의 거처로 들어간 병호가 말했다.

"한 사람씩 자신의 소개를 부탁하오."

"나 좌포청 종사관(從事官)으로 있던 장붕익(張鵬翊)이오."

마치 삼국지에 등장하는 장비(張飛)가 현세에 헌신한 듯한 그의 모습에 아마도 범인이라면 그와 마주서는 것만으로 기가 질려 옴짝달싹 하지 못할 것 같다.

"반갑소!"

무의식중에 병호가 손을 내미니 '이 뭐하는 짓거린가?'하는 뜨악한 표정의 그를 보고, 병호가 내친김에 그의 솥뚜껑만 한 손을 잡아가며 말했다.

"손이 너무 실해 한 번 잡아보고 싶었소."

"크하하하⋯⋯! 나이는 어려도 사내답소!"

제 손 좀 잡자는데 뭐가 사내다운지 몰라도 그가 기분 좋아하자 병호도 덩달아 히죽 웃으며 말했다.

"잘 부탁하오."

"하하하⋯⋯! 그럽시다. 우리 잘 지내봅시다, 꼬마 형제!"

"무슨 망발이오!"

그의 말에 금방 방 안 분위기가 험악해졌다. 정충세가 휴대하고 있는 창포검 손잡이에 손을 대며 노려보았기 때문이었다.

"아, 실례! 나는 연치가 어려 보여 누가 또 뒤에서 조종을 하고 있는 줄 알았더니, 실세인 모양이구려."

생긴 것은 곰 같아도 내면에는 여우가 몇 마리 들어 있지 않을까 생각하며 병호는 손을 흔들어 정충세를 제지하곤 다음 사람의 소개를 받았다.

"난 우포청 종사관으로 있던 이명식(李明植)이라는 사람입니다. 서얼 출신으로 어떻게 종사관까지는 승급했으나, 내 한계가 거기까지인모양입니다."

분명 무관 출신일진데 여린 생김 등이 병호는 마치 선비를 대하는 기분이었다.

"반갑소!"

역시 병호가 손을 내미니 이명식도 얼떨결에 손을 내어 맞잡았다. 곧 그가 물러나자 다음 사람이 자신을 소개했다.

"우포청 부장(部將) 출신 우완식(禹完植)이라 합니다."

"반갑소!"

이자 또한 무인의 기개를 풍기는데 왠지 정직하면서도 내면에는 무한한 잠재력이 깃들어 있는, 무협지에 나오는 정파인 같은 느낌을 받았다.

"좌포청 부장 출신 이재학(李裁學)이라 합니다."

이자는 껑충한 키에 날카로운 눈매가 상당히 매서웠다. 마치 사파 인물을 보는 듯한 음습한 느낌이었다. 이런 생각이 들자 병호는 내심 실소하지 않을 수 없었다.

'무협지를 너무 많이 봤나?'

"자, 다들 훌륭한 선택들을 하셨소. 계주님이 천거하셨으니 모두 훌륭한 분들이라 믿소. 자, 그럼 여러분들의 비림에서의 직위를 발표하겠소. 우선 장붕익 전 종사관 앞으로 나오시오."

병호의 호명에 그가 한 발 앞으로 나섰다.

"나는 당신을 비림의 좌빈객(左賓客)에 임명하겠소."

"좌빈객이라면 세자시강원(世子侍講院)의 정이품(正二品) 문관(文官) 벼슬인데, 무슨 의미요?"

"아, 너무 깊게 생각할 것 없소. 빈객(賓客) 모르오? 귀한 손님 말이오. 이는 우리 사이가 너무 친밀해져도, 너무 멀어져도 곤란하기 때문에 한 작명이오. 너무 가까워지면 방종할 우려가 있고, 너무 멀어 소원해져도 곤란하오. 나는 언제나 여러분들을 귀한 손님 모시듯 할 테니, 여러분 또한 언제까지라도 긴장의 끈을 놓지 말고 본연의 임무에 충실하라는 뜻이요."

이어 병호는 차례로 세 사람을 더 불러 각자의 직급을 내렸다.

우포청 전 종사관 이명식을 우빈객(右賓客), 좌포청 전 부장 이재학을 좌부빈객(左副賓客), 우포청 전 부장 우완식을 우부빈객(右副賓客)에 임명하였다.

그리고 병호는 그들의 숙소를 당분간 자신이 머무는 사랑채 부근에 포진한 여러 방 중 각각 한 개씩을 주어 사용하도록 했다.

*   *   *

다음 날.

신치도에서 학생 30명이 올라오자 병호는 아직 벽지가 다 마르지 않아 풀 냄새 나는 전 고택 안채에 30명을 모두 집어넣고 일장 훈시를 시작했다.

"주목! 나는 여러분들에게 무척 실망했다. 열심히 가르치는 대로 배우는 줄 알았더니 사서삼경만 찾는다고? 홍! 그걸 백 날 배워봐라! 거기서 밥이 나오나 쌀이 나오나? 더구나 너희들 신분이 언감생심 과거 볼 형편이나 되느냐? 각설하고 나는 여러분들에게 오늘부터라도 진지하게 모든 학문에 임해주기 바란다. 하면 나는 여러분들에게 좋은 기회를 제공할 것이다. 그것은 두고 보면 알 것이고, 고생하는 부모들을 생각해서라도 학업에 몰두하도록, 이상. 이 교수(敎授)님 수학 강의 좀 부탁드리오."

하루 전에 와 이들을 기다리고 있던 이상혁이 콩나물시루같이 빼곡히 앉아 귀를 기울이고 있는 대략 12세에서 15세 미만의 학생들을 보고 강의를 시작했다.

"여러분 분수(分數)에 대해 잘 압니까?"

"모릅니다."

"모르는 것이 자랑은 아니니, 잘 들어보세요."

이렇게 운을 뗀 이상혁의 분수에 대한 강의가 시작되었다.

"분수는 작은 수를 나타내는 매우 유용한 수 표기 방법이고, 쓰임새도 많습니다. 산학에서는 분수 중에서도 자주 쓰이는 분수를 특별한 이름으로 부릅니다. 이를테면 1/2은 중반(中半), 1/4은 약반(弱半), 3/4은 강반(强半)이라 하고, 1/3은 소반(少半), 2/3는 태반(太半)이라 합니다. 약반, 강반, 소반은 생소하지만, 중반과 태반은 아주 많이 들어봤죠?"

"네!"

"분수에 대한 더 깊이 있는 고찰은 다음에 하기로 하고, 다음은 산대 또는 산가지에 대해 이야기 하려 합니다."

이렇게 운을 뗀 그의 강의가 계속 되었다.

"중국을 중심으로 한 나라에서는 계산 도구로 산대 또는 산가지를 아주 오래 전부터 사용되어 왔습니다. 수판으로 대체되기 전까지 산대는 중국에서는 명나라의 중반까지, 그리고 우리나라에서는 근래까지도 계산 수단의 대종을 이루고 있습니다. 자, 그럼, 산대로 수를 나타내는 원리를 알아볼까요? 자, 그럼, 오른쪽부터 왼쪽으로 나아가면서 일, 십, 백, 천, 만, …

의 자리를 정하고 각 자리에 산대를 늘어놓는데, 일, 백, 만…
의 자릿수는 내가 보여주는 것과 같이 이렇게 세우고, 또 십,
천… 의 자릿수는 지금 내가 보여주는 것과 같이 옆으로 뉘어
서 표현합니다. 그리고 6 이상은 편의를 위해 위쪽에 5를 나
타내는 산대를 놓는데……."

그의 강의가 계속되는데 병호도 큰 관심을 갖고 집중해 들
어보았다. 그런데 그의 강의에 따르면 그 원리는 현재의 십진
법과 같았고, 실제로 산가지 즉 대나무나 다른 재료로 만든
막대를 가지고, 실제로 보여주면서 수업을 진행하니 아이들이
흥미를 갖고 집중하는 것이 보였다.

이를 보고 병호는 내심 '수업 진행 방법에 따라서는 얼마든
지 아이들이 수학에도 흥미를 느끼는구나!'라는 생각을 가졌
다.

그리고 다음 날 오후에는 이상혁이 간곡히 부탁했는지 마
다하던 남병길이 나타나 아이들에게 동사강목(東史綱目)을 강
의했다. 동사강목은 조선후기 순암(順菴) 안정복(安鼎福)이 고
조선으로부터 고려 말까지를 다룬 역사책이다.

아무튼 병호가 이상혁에게 아이들에게 역사의식을 심어주
기 위해, 우리나라 역사도 강의하라 했더니, 어떻게 했는지 몰
라도 상혁이 남병길을 섭외해 온 것이다.

병호가 그가 어떻게 강의를 하는지 경청하고 있는데, 김좌

근의 하인이 조심스럽게 접근해 말했다.

"영감님께서 찾으십니다."

"그래? 환한 대낮에 웬일? 아! 이럴 때가 아니지."

병호는 더 이상 생각할 것도 없다는 듯 대기하고 있던 장쇠와 두 호위 무사를 데리고 좌근의 집으로 직행했다.

"부르셨사옵니까?

"음, 거기 앉게."

그의 미소 띤 모습에서 대충 분위기를 감지한 병호지만, 그래도 결과가 궁금해 그의 입만 바라보았다.

"자네 말대로 통 큰 거래가 이루어졌네."

"아, 수고하셨습니다. 우리만의 단독 개발권이죠?"

"물론이네."

"토지 수용 부분은 어떻게 됐습니까?"

"우리가 염전을 조성하려는 곳은 어디든 다 수용할 수 있고, 염분 또한 수용할 수 있네. 단 우리가 제시하는 값이 상대가 마음에 들지 않으면 송사(訟事)를 통해 해결하도록 했네."

"인왕산에 행궁을 짓는 일은 어떻게 됐습니까?"

"대왕대비마마께서 아주 좋아하셨네. 대신들도 큰 반대가 없었고. 물론 그 전에 저쪽과 먼저 담판을 지었지. 하고 남병철을 규장각대교(奎章閣待敎)로 발령냈고, 또 하나 이의준(李義俊)이라는 인물 역시 예문관대교(藝文館待敎)로 보임시켜 놨으니 한 번 찾아가 보게."

"진즉부터 우리 편의 인물입니까?"

"물론이지. 죽 쒀서 개 줄 일 있나? 하하하……!"

기분이 좋아 껄껄거리던 좌근을 바라보며 병호 또한 숙원 사업이 해결되어 기쁜 낯으로 미소를 지었다. 그러던 그가 조심스럽게 말했다.

"요는 이제 이를 개발할 돈이 문제입니다."

"그 대책도 세워놓았겠지?"

"물론입니다. 바로 공사를 서둘러 내년 봄부터는 10만 가마 이상을 생산해 낼 계획입니다."

"뭐라고? 1년 만에?"

"그렇습니다."

"자네 말에 따르면 1정보에 1천 가마의 소출이 가능하다 했으니, 100정보의 염전을 조성해야 된다는 소리인데, 초기 투자 비용이 어마어마하게 들겠군."

"그래서 말씀드립니다만, 계를 하나 모아야겠습니다."

"무슨 계?"

"고본계(股本契)죠."

여기서 고본계에 대해 알아보고 넘어가면 다음과 같다.

우리나라의 전통적 상업은 개인이 경영하는 것과 공동출자하여 동업을 하는 두 가지 유형이 있었다. 공동출자하여 조합의 성질을 갖는 기관으로 동사(同事)와 계(契)를 들 수 있다.

동사는 두 사람 이상이 공동으로 경영하는 것인데 자본을 공동으로 소유하는 것이 보통이지만, 한쪽이 자본을 댄 물주이고 다른 한쪽은 노력을 제공하는 '차인동사(差人同事)'의 경우도 있다.

그리고 조선 후기는 우리나라의 전통적 협동 조직인 계가 크게 보급된 시기였으므로 그 영향을 받아서 상거래에 계를 이용하는 경우가 많았다.

회사와 유사한 조직으로 고본계(股本契)가 있다. 고본이란 주식(株式)과 같은 뜻이며 출자금에 비례하여 이익금을 배당받는 것으로 되어 있다. '고(股)'는 다리고 자로서 한 다리 낀다는 뜻이다.

서양 문물이 들어온 뒤에 우리나라에서는 주식회사를 고본회사라 불렀고 주권을 고권이라 하였다. 주식회사란 말은 유한 책임 회사의 일본식 번역이다. 일본에서는 가브나카마의 '주직(株職)'에 연유하여 주식회사로 번역하여 사용하였는데, 일본의 지배를 받으면서 주식회사란 말이 토착화되었다.

상점(商店)이란 말은 일본에서 흔히 사용되고 있는데 우리나라에서는 점(店)을 광산의 뜻으로 사용하였다. 예를 들면 은 광산을 은점이라 불렀다. 그리고 전(廛)은 격식을 갖춘 점포, 즉 스토어(store)를 의미하고 방(房)은 한쪽에서 제조하면서 판매하는 숍(shop)과 같은 뜻으로 사용되었다.

은방, 필방은 은 세공품이나 붓을 한쪽에서 제조하면서 판매하는 곳이다. 소규모의 점포 즉 가게는 가가(假家)가 와전된 것이고 지점(支店)은 재가(在家)라 불렸다.

"이 고본계를 저는 가급적 우리 가문의 사람으로만 조직하고 싶습니다."

"어떻게?"

"만약 10을 기준으로 한다면 아저씨와 큰 아저씨가 각각 1.5의 지분을 갖고, 나머지 근친에게 고본의 5를 배정해, 각 지분만큼 이익금도 분배하려 합니다."

"나머지 2는?"

"외람되지만 목 길게 빼고 있는 장인이 1.5, 제가 0.5를 가져, 고본의 운영자금 및 여타 가문의 정치자금으로 쓰려합니다."

"분배금이 잘못된 것 같네."

"네?"

"형님과 내가 1.5의 지분을 투자하는 것을 틀림없지만, 이익금만은 타 가문과 같이 1만 주게."

"하면 나머지 1의 지분에 대한 이익금은?"

"자네가 갖고 염전 조성 및 판매까지 책임을 지고 잘 운영

해주고, 여타 가문을 위한 정치자금 내지는 다른 사업의 밑천으로 삼게. 이 사업만 하고 말 것은 아니지 않은가?"

"역시 정치는 아무나 하는 것이 아닙니다. 헌데 큰 아저씨도 동의할까요?"

"물론이네. 자네를 양자로 삼고자 하신 분이니 틀림없이 동의할 것이네. 그 부분은 나에게 맡기고, 1의 지분당 얼마를 내야 하는 것인가?"

"10만 냥입니다."

"뭐라고? 자네는 입만 열면 사람을 놀라게 하는 재주가 있군. 1년 안에 10만 정보의 염전을 조성한다는 것이라든가, 10만 냥이란 거금도 그래. 내가 아는 상식으로는 개성 유수의 환전객주(換錢客主)도 일시에 10만 냥을 동원하기는 어려워."

"한꺼번에 일시에 자금이 다 들어가는 것은 아니니, 분납하시면 됩니다."

"물론 그렇게 하면 가능하겠지. 하지만 대부분의 집들이 있는 돈, 없는 돈, 다 긁어모아야 할 게야."

병호가 말없이 고개를 끄덕이자 좌근이 자리를 정리하려는지 물었다.

"다른 할 말은 없나?"

병호가 준비하고 있었던 듯 좌근의 물음에 즉각 응했다.

"행궁 조성터는 우리가 임의로 그 면적을 결정하면 됩니까?"

"아, 그 이야기. 그건 일단 자네가 필요한 만큼 설정해 건의를 하면, 관련 관리가 검토는 해보겠지만, 아마 그대로 수용이 될 거야. 대왕대비마마의 뜻이니 관리가 거스르기는 어렵지 않겠나?"

"알겠습니다. 헌데 장빙업은……?"

"아, 그렇지. 충청감사에게 가보시게. 모든 이야기가 끝났으니 차첩을 내 줄거야. 그렇다고 빈손으로는 가진 말고 한, 400냥 정도는 들고 가시게. 요새 한양 경상의 차첩 하나 사는 것도 1천 냥이라는데, 그 정도 예의는 표해야 되지 않겠나? 장빙업이라면 경상의 차첩에 비길 이문 보다는 훨씬 클 테니까."

"감사합니다, 아저씨!"

"뭘, 그걸 갖고. 또 다른 사항 있나?"

"네."

바로 답한 병호가 다시 입을 떼었다.

"우리가 채탐인을 고용해 저들의 정보를 염탐하듯이 저들도 그럴 개연성이 아주 큽니다. 따라서 제가 아저씨의 집을 시도 때도 드나드는 것이 외부로 노출되지 않기 위해서는, 저와 아저씨의 집, 더 나아가 큰 아저씨네 집까지 옆 담을 터서, 내부 쪽문으로 드나드는 것이 좋겠습니다."

"좋아! 당장 시행하도록 하고. 형님에 대해서는 나에게 맡겨."

"알겠습니다."

"자, 낮부터 술 마시기도 그렇고, 자네도 이제 발등에 불이 떨어졌으니 빠르게 움직여야하지 않겠나?"

"물론입니다."

곧 에를 표한 병호는 좌근의 집을 물러나왔다. 곧장 자신의 집으로 돌아온 병호는 서기 이파 및 네 명의 비림 간부, 검계 계주 정충세를 비롯한 부계주 둘을 자신의 방으로 오도록 했다. 여기에 이상혁과 남병길까지 강의를 중단시키고 합류토록 했다.

한 시진 후.

초치한 모든 면면이 모이자 잠시 생각을 가다듬은 병호가 입을 떼었다.

"드디어 우리에게 단독 염전 개발권이 떨어졌습니다. 하니 이제 본격적으로 염전 조성에 나서야 합니다. 또 요정을 지을 터도 확정이 되었습니다. 궁궐에서 도보로 이각 거리의 인왕산에, 일단 우리가 행궁을 하나 건립해 희사하고, 나머지는 우리가 입맛에 맞게 개발하면 됩니다. 이는 오랜 시일이 걸리는 일이나, 즉각 시행해야 할 일도 있습니다. 우리 집을 기준으로 우리 집 두 채를 서로 터는 것은 물론, 저 김유근 대감의 집까지 옆 담을 터서, 한길로 다니지 않아도 해주시길 바랍니다. 이는 중요한 일로서 지금 시행하고 있는 집수리보다 우선 행해야 합니다."

잠시 내온 차로 목을 축인 병호의 말이 이어졌다.

"하고 비림에서는 금번 예문관대교로 발령 난 이의준이라는 인물을 수배해 접촉을 시도하세요. 우리 측의 인물로 아마 많은 정보를 줄 것입니다. 이때 유념할 것은 가급적 그와 직접대면하지 말고 그의 하인 등을 이용하도록 하세요. 물론 규재(圭齋) 또한 이에 해당됩니다."

병호의 말 중에 형까지 언급되자 남병길이 의문의 눈으로 사방을 둘러보았지만, 아무도 답을 주지 않았다. 그 순간 병호는 다른 생각을 하고 있었다. 즉 애초의 계획은 양지홍까지 남병철에게 보여주어 넘어오게 할 생각이었다.

그러나 일이 의외로 쉽게 풀려 기생 교관들만으로 충분했으므로, 지홍에게 실례를 하지 않아도 되니, 그로서는 그녀에게 약점 잡힐 일이 없게 된 것이다. 아무튼 곧 병호의 말이 이어졌다.

"행궁과 요정을 짓는 일은 기생 교육을 마치는 3년 내에 지으면 되나, 염전은 1년 내에 최소 100정보를 조성해야 하므로 서둘러야 합니다. 따라서 이 일을 책임지고 진행할 신치도의 구장복과도 협의를 거쳐야 합니다. 따라서 현장 회의가 반드시 필요하니, 일단 모두 신치도로 내려가는 것으로 합시다. 자, 제가 한 이야기 중 질문 있는 분은 하세요."

"염전이 뭡니까?"

우빈객 이명식의 질문에 병호가 답했다.

"백문이 불여일견이라고 신치도에 가서 현장을 보고 물을 것이 있으면 답해 드리겠습니다. 또 다른 질문 있는 분?"

"1년에 100정보를 일시에 조성하려면 한꺼번에 어마어마한 자금이 들어갈 텐데, 이에 대한 대책이 있습니까? 저가!"

이파의 질문에 병호가 즉각 답했다.

"이미 그에 대한 고본계가 결성되었으니 자금에 대해서는 걱정하지 않아도 됩니다. 다음?"

"행궁과 요정을 짓는 일 또한 어마어마한 자금이 들 텐데, 그에 대한 자금과 인력 수급은요?"

"그에 대해서는 아직 충분한 검토가 되지 않았습니다. 하지만 일말의 계획은 가지고 있으니 너무 걱정하지 않으셔도 될 것입니다. 잠깐 그에 대해 언급하면 그 공사 대금은 기존과 같이 장인 및 우리 문중, 또 우리가 필요로 하는 벌열 가문의 자금을 투자받으려 합니다. 다음?"

"장빙업 문제는 아직 해결이 되지 않았습니까?"

이파의 질문에 병호가 즉답했다.

"그 문제 또한 해결이 되었습니다. 내려가서 장인을 모시고 그 이야기는 하는 것으로 합시다."

"네!"

"나는 왜 여기에 끼워 넣은 거요?"

남병길의 예상치 못한 질문에 병호가 웃음 지으며 답했다.

"너무 한양에만 있는 것도 답답하지 않습니까? 좀 전에 내가 이야기한 바와 같이 우리 모두 신치도로 내려갈 건데, 함께 내려가 대양의 푸른 파도를 보면 답답한 마음도 조금은 해소되지 않을까요?"

"그런 뜻의 초대라면 얼마든지 응하겠습니다. 하하하……!"

병호의 속도 모르고 당장 한양을 벗어나 바다를 볼 수 있다는 생각에 들떠 있는 그를 보며 병호는 내심 희심의 미소를 지었다.

이후 다른 질문이 없자 병호는 즉각 지시했다.

"이 서기는 즉각 신치도로 내려갈 선편을 준비해 주시고, 나머지는 내일 조반을 드는 대로 떠날 것이니 준비해 주시기 바랍니다."

"네!"

"알겠습니다."

각자 답한 그들이 썰물 빠지듯 방을 나가자 병호 또한 자리에서 일어나 배웅을 나갔다. 그 순간 김유근의 집에서 보았던 하인이 다가와 조용히 고했다.

"대감님께서 보았으면 하십니다."

"알겠소. 이들을 보내고 바로 갈 테니, 잠시만 기다리시오."

"네."

곧 참석자들이 뿔뿔이 흩어지자 병호는 김유근 집의 하인과 함께 그들의 집으로 향했다. 머지않아 병호는 유근의 거처에 도착했고 문안 인사를 올렸다.

"차도가 계시온지요?"

의례적인 인사에도 반가움을 표시하며 유근이 하녀에게 지필묵을 준비시키는 동안, 아직도 체류 중인 천주교도 유진길을 보고 말했다.

"머지않아 친주교에 대한 탄압이 시작될 테니 조심해야 할 것이오."

"하옥영감에게 들어 알고 있습니다."

"그런데도 아직 미적거리고 있는 이유가 뭐요?"

"대감께 세례를 드리는 대로 떠나겠습니다."

유진길의 대답에 병호는 마뜩치 않은 표정을 지었지만 더이상은 뭐라 하지 않았다. 그에 대해서는 이미 마음속에 계산이 다 서 있었기 때문이었다. 아무튼 둘이 대화를 나누는 사이 지필묵이 준비되어 유근이 종이에 힘들게 그려놓고 손짓으로 불렀다. 이에 가서 읽어보니 다음과 같은 내용이었다.

-나에게 준다는 1의 이익금 중에서도 절반은 네게 주겠다.

깜짝 놀란 병호가 그의 의사를 확실히 하기 위해 질문을 던졌다.

"하옵시면 자본금은 1.5를 투자하시고, 1의 이익금을 받기로 한 것 중에서도 그 절반을 제게 주시겠다고요?"

그렇다고 김유근이 계속 고개를 끄덕였다.

"그러시면 안 됩니다. 절대로 받아들일 수 없습니다."

병호의 강력한 항의에 유근이 빙긋 미소를 짓는 것 같더니 다시 힘들게 붓을 놀렸다.

-병주를 잘 부탁한다는 의미네.

"아……!"

병호는 그제야 그의 의사를 확실히 알았다.

그러니까 자신의 사후 집안이 걱정된 그는, 그의 양아들인 병주를 잘 부탁한다는 말로 후사를 당부하고 있는 것이다. 이에 잠시 생각에 잠겼던 병호는 그의 불안을 해소해 주는 차원에서라도 승낙하기로 했다.

"알겠습니다. 큰 아저씨의 뜻을 받들어 그 돈은 반드시 유익하게 쓸 것이고, 이 말이 어폐가 있을지 몰라도 병주는 어떠한 일이 있어도 제가 돌보아, 풍족한 삶을 살도록 할 것이고, 후사가 끊어지는 불행한 일이 없도록 각별히 신경을 쓰겠습니다."

그제야 만족한 듯 홀가분한 표정을 지으며 그가 딱 세자를 적었다.

-고맙네!

김유근의 집에서 돌아온 병호는 곧장 안채로 향했다. 자신이 집을 비울 동안 적적해할 그녀를 위해 잠시라도 잠시 그녀와 함께하기 위함이었다. 곧 안채에 도착해 그녀를 부르기도 전에 그녀가 문을 활짝 열고 반갑게 병호를 맞았다.

"어서 오세요. 서방~ 님!'

애교가 철철 넘치는 그녀의 환대에 병호는 한꺼번에 일이 몰려들어 분답해진 마음을 내려놓고 안채로 들었다.

"서방~ 님! 보고 싶었어요."

"어허!"

대낮부터 이 무슨 애정 행각인가? 대뜸 포옹하려는 그녀를 제지한 병호가 말했다.

"여자가 이렇게 헤퍼서야 되겠어?"

"서방님도 참 고루하시긴, 남녀상열지사도 못 들어 보셨어요?"

"됐고. 내일 내가 충청도로 내려가게 돼서 며칠 집을 비울 것 같아 들린 것이오."

"하옵시면 천첩도 데려가세요. 네?"

또 애정공세를 펼치려는 지홍을 제지한 병호가 엄숙한 낯빛으로 말했다.

"어허! 아녀자가 어딜 함부로 나다닌단 말이오?"

"쳇……!"

또 다시 삐쳐 돌아서는 지홍을 살짝 뒤에서 껴안은 병호가 그녀를 달랠 목적으로 말했다.

"내 올 때 노리개라도 하나 사다 줄 테니, 너무 서운하게 생각 마오."

그 말에 지홍이 돌아서며 방긋 웃음을 지었다. 그 모습이 천만송이 꽃이 피어난 듯 너무 아름다워 병호는 더 이상의 말을 잇지 못하고 엷게 미소 지었다.

＊　　　　＊　　　　＊

다음 날.

새벽부터 마포나루로 향하는 일단의 인물들이 있었다. 신치도로 향하는 병호 일행이었다. 그 구성원의 면면을 보면 어제 회합에 참석했던 인원 중, 아이들 교육을 위해 불참한 이상혁을 제외하고 전부가 참여했으며, 전재룡을 비롯한 화원 3인이 동참하고 있었다.

그로부터 삼일 후 아침 새참 무렵.

일행 모두가 신치도에 도착해 하선하자 멀리서부터 이를 발견한 구장복이 빠른 걸음으로 일행에게 다가왔다.

잠시 기다리니 그가 다가와 병호에게 말했다.

"아니 기별도 없이 이 많은 인원이 어쩐 일이오?"

"드디어 단독 염전 개발권의 허가를 득했습니다."

"잘된 일이군요."

구장복의 말에 사방을 둘러보던 병호가 탄성을 발했다.

"벌써 공사를 다 마치고 생산에 들어갔군요. 실로 고생이 많았습니다."

"저가께서 겨울철 농한기를 맞아 많은 인원을 지원해 주는 바람에, 다행히 기간 내에 마칠 수 있었습니다."

둘이 이렇게 대화를 하는 동안 생전 처음 염전을 보는 대부분의 사람들이 주변을 둘러보며 끼리끼리 대화를 나누며 탄성을 쏟아내기 바빴다. 그런 와중에도 병호와 구장복의 대화는 계속되었다.

"나는 구 선비님을 염전 개발의 총책임자로 임명하려 합니다. 벌써 고본계가 결성되어 100만 냥의 자금이 확보되었으니 자금 염려는 없는데다, 이곳에서 일한 경험이 있는 인부 180명을 중간 간부로 임명해 활용한다면, 능히 1년 안에 100정보는 염전을 조성할 수 있으리라 봅니다."

계속 엄청난 말을 쏟아내는 병호의 이야기에 반쯤 넋이 나갔던 구장복이 한참만에야 말문을 열었다.

"그렇다 해도 말이 100정보지 결코 쉬운 일이 아닙니다."

"물론 알고 있습니다. 하지만 염전 개발에만 힘을 쏟을 수 있도록 자재 역부 등 여타 제반 지원을 해준다면 가능하지 않겠습니까?"

"글쎄요?"

아직도 결심을 못하고 망설이는 그에게 병호는 쐐기를 박았다.

"오늘부로 조양물산(朝陽物産) 사장으로서 구 선비님을 염전 개발 총괄본부장에 임명합니다. 이는 염전에 관한 제반 사항을 관장하는 자리로서, 자금 및 인사권까지 모두 드리겠습니다."

"허허, 저가께서 이렇게 나오시니 거절할 수도 없고……."

"기존 십장 중 뛰어난 사람은 과장, 그 다음은 계장, 주임 순으로 180명 전부를 간부로 활용한다면 동시다발적으로 염전을 조성할 수 있지 않겠습니까?"

"그야 그렇습니다만, 염전을 몇 군데 조성하려 하십니까?"

"1차로 여섯 군데로 평안도 광량만, 덕동, 귀성 등지와 경기도 주안, 군자 등입니다. 아, 여기에 줄포만은 포함시키든지 말든지 알아서 하십시오. 그 이야기는 기존 제가 언급한 곳만으로도 100정보의 염전을 충분히 조성할 수 있다면, 1차 연도에는 안 하셔도 된다는 말입니다."

"그 문제는 현지답사를 통해 결정하겠습니다. 헌데 벌써 그 장소까지 확정했다니 놀라울 따름입니다."

"매사 미리미리 준비를 해둬야죠. 실제 일을 당해 움직인다 는 것은 너무 늦습니다. 하하하……!"

"역시 저가는 상재를 타고난 분입니다."

구장복의 칭찬을 들은 병호는 내심 쑥스럽기 짝이 없었다. 사실 병호가 언급한 1차 염전 개발지는 왜놈들이 주안에 이어 차례로 조성한 대규모 염전이었던 곳이다.

그들이 위에 언급한 곳에 대규모 염전을 조성한데는, 사전 조사를 통한 지리적 자연적 조건이 양호한 곳만을 선정했던 것이다. 그 실례로 지금의 평안남도 광량만(廣梁灣) 염전의 위치 및 자연환경을 예로 들면 다음과 같다.

광량만은 지금의 평안남도 온천군 남부와 평안남도 남포시 와우도 구역과의 경계에 있는 만으로, 해안선의 길이는 39.3km, 만어귀의 너비는 0.5km이다. 어귀는 좁으나 안으로 들어가면서 넓어졌으며 대부분 지역이 갯벌로 되어 있다.

주변 또한 대부분 평탄지형으로, 연평균 강수량은 700mm 정도다. 강수량이 적은 데다 일조량이 많고 주변이 개활지대 로 되어 있으며, 바람이 연평균 4m/s 정도로 세게 불어 증발 량은 강수량의 거의 2배에 달했다.

여기에 광량만은 배들이 정박하는데 유리한 조건을 가지고 있어 개발 후 수송에도 큰 이점을 가지고 있었다. 아무튼 병호는 구장복을 자신의 계획대로 염전 개발 본부장으로 임명하자, 다음을 진행하기 위해 기존 인원들을 불러 모았다.

"실제 자염이 아닌 천연 염전을 보게 되다니, 실로 놀라울 따름입니다."

남병길의 감탄에 모두 동조해 고개를 끄덕이는 일행을 보고 웃음을 머금은 병호가 말했다.

"백문이 불여일견이라고 제 말이 진실임을 증명하고, 제 계획이 허황되지 않다는 것을 보여주어, 여러분들이 신심을 갖고 제 사업이자 여러분들의 사업인 이 사업을 도와주었으면 하는 뜻에서 이 자리를 마련했습니다. 어떻습니까? 도와주실 것이죠?"

"여부가 있소. 물론 적극 도와야죠."

정충세가 큰 소리로 답하는데 여전히 주저하는 남병길을 향해 병호가 말했다.

"이 천일염 제법으로 인해 가난한 백성들에게 값싸게 소금을 공급할 수 있음은 물론, 기존 자염에 비해 열 배 이상의 이문을 볼 수 있습니다. 나는 이 이익금으로 보다 조선 백성들이 잘 살고, 단 하루라도 빨리 부강한 나라를 만들어, 우리 조선이 청에 조공을 바치지 않아도 되고, 양이들의 침탈에도 능히 대항할 수 있는 나라를 만드는데 일조하고 싶습니다. 물론 제가 추진하는 사업이 이 염전만이 아니고, 기존 조선은 물론 양이들조차 만들지 못하는 기상천외한 물건을 만들 계획도 여럿 가지고 있습니다. 따라서 나를 돕는 길이 곧 우리 조선이라는 나라는 물론 백성들까지 풍요롭게 하는 것이니, 공께서는 제발 나를 도와주시오."

"허허, 여기서 내가 물러선다면 여기 있는 모든 분들의 질타를 받을 것이니, 참으로 청을 더 이상 거절하기도 어렵구료. 헌데 내가 도울 일이 있긴 한 거요?"

"물론이죠. 아시다시피 이 염전 개발의 비용으로 이미 조성된 돈이 백만 냥이니 이를 관리하는 일조차 범인은 행하기 어려운 일이오. 그러니 이 돈을 관리해 주던지, 아니면 추가로 모집할 수백의 학생들을 가르쳐 주시오."

"내 성정상 남을 가르치는 고리타분한 일은 맞지 않소. 차라리 억만금을 희롱하는 것이 내 성정과도 부합하오."

"좋소. 최소 여섯 곳의 염전을 1차적으로 개발할 것이니 그에 소용되는 모든 자금을 관리하되, 세부 집행은 염전 개발 총괄본부장인 구장복 이사께서 맡는 것이오. 또 육일재 재무부장은 이 말고도 요정이나 여타 사업의 자금도 관리해야 할 것이니, 이야말로 당신의 말대로 억만금을 희롱하는 자리요. 자, 이렇게 염전 개발은 물론 행궁 아니 요정을 짓는 일을 위해서는 뒤에서 이를 뒷받침할 간접 지원단이 필요하오. 따라서 내가 지목하는 대로 하나씩 이를 맡아 염전 개발이 차질 없이 진행되도록 도와주었으면 고맙겠소이다."

여기서 말을 끊고 일행을 한 번 둘러본 병호의 말이 이어졌다.

"우선 역부의 모군(募軍) 및 관리는 오민 부계주님이 해주시고, 민휘 부계주님은 각 염전 및 공사장의 자체 자재설비 및 요원들을 지켜주는 일을 맡아주시오. 하고 자재수급은 여기 없지만 강경객주의 수석차인인 홍순겸에게 맡길 예정이오."

"나는 한 자리 안 주오?"

정충세의 물음에 병호가 미소 띤 얼굴로 답했다.

"계주님과 나머지 분들은 모두 기획팀으로 이 말고도 많은 공사를 계획하고 때로는 차질이 생기는 부분을 간접 지원해 주는 것이오."

이때 선친의 친구인 윤의가 일행에게 다가왔으므로 잠시 대화가 중단되었다. 곧 수인사를 나눈 병호는 윤의에게 부탁을 했다. 아니 지난번 자신이 뱉은 말에 일부 정정을 해야 했다.

"올 졸업생을 전원 유급시키려 했으나, 일손이 부족한 현실에서는 그럴 수 없게 되었습니다. 저는 그들을 현장의 사무원으로 기용하여 현장을 원활하게 돌아가게 하고 싶습니다. 이를테면, 현장의 총무, 경리, 자재, 설비 여타 제반 현장에 필요한 사무 요원으로 근무시켜야겠습니다. 또 일부는 지난번의 계획대로 보조 교사로 만들어 후일 들어올 학생을 가르쳤으면 합니다. 물론 이 인원 외에 정말 성적이 형편없는 자들은 모두 유급시켜도 좋습니다."

"조카의 뜻이 정 그렇다면 그렇게 하기로 하지."

"양해해 주시니 고맙습니다."

새삼 머리를 숙여 보인 병호가 다시 말했다.

"급히 처리해야 할 일이 많아서 일단 강경으로 갔다가 시간이 있으면 다시 들리던지 하겠습니다."

"하루도 안 묵어가니 서운하지만 바쁘다면 할 수 없는 일이지."

이렇게 되어 병호는 자신이 데리고 왔던 일행 전원에 구장복까지 합류시켜 곧장 강경으로 향했다. 병호가 서둘렀지만 신치도에서 강경으로 가는 시간이 있어, 일행은 술시 말(戌時末: 밤 9시)이 되어서야 장인 박춘보의 집에 도착할 수 있었다.

밤늦게, 그것도 많은 일행을 데리고 불쑥 나타난 병호를 보고 장인은 한 걸음에 내달아 병호를 맞았다.

"아니 기별이라도 하던지. 혹시……?"

"예상하신대로 염전 개발권을 따냈습니다."

"하하하……! 그래? 정말 수고많았구만. 아니, 여기서 이럴

게 아니라 어서 방으로 들어가세. 저녁은 안 먹었겠지?"

"네, 급히 오느라…….."

"하면, 일행은 넓은 사랑채로 모두 들여 저녁 식사를 할 수 있게끔 할 테니, 사위 먼저 들어가 언 몸을 녹이시게."

"이제 봄철이라 밤이라도 그렇게 춥지는 않았습니다."

"바닷바람이 찼을 텐데, 무슨 소린가? 아무 말 말고 어서 들어가 언 몸부터 녹여."

"알겠습니다."

장인의 성화에 병호가 안방으로 들어가려는데 장인 곁에 있던 수석차인 홍순겸이 방안으로 따라 들어오며 물었다.

"정말 염전 개발권을 따낸 것이죠?"

"물론, 그것도 단독으로. 앞으로 조선의 염전 개발은 우리만이 할 수 있는 일이야."

"정말 잘 됐군요. 하여튼 저가의 수단은 알아주어야 합니다."

"해서 말인데, 자네가 전 염전은 물론 요정을 짓는 공사의 자재 수급도 맡아주어야겠어."

"금번에 요정을 짓는 것도 허락을 득했고 장소도 결정이 되었습니까?"

"물론이네. 하니 자네가 힘들겠지만 부지런히 움직여주어야 겠어. 우선 제방을 신축하는데 필요한 석재는 물론 판상재도 지금부터 준비해야 하니 그것도 주문을 넣으시게. 1정보당 깨지는 것을 감안하면 3만5천 장이 소용된다 했으니, 100정보면 3백 50만 장인가?"

"네에? 무슨 판상재를 한꺼번에 그렇게 많이……."

"1차 연도에 다섯 개소 100정보를 조성할 계획이니까."

"하여튼 저가는 입만 열면 사람 놀래키는 재주가 있습니다그려."

이때 장인이 들어왔으므로 아랫목을 물려준 병호가 말했다.

"금번에 장빙업도 진출할 수 있게 되었습니다. 김좌근 영감의 말로는 한 400냥 정도를 가지고 충청감사를 찾아가면 차첩을 내줄 것이라고……."

"허허, 염전 개발권에 장빙업 진출까지. 실로 대단한 일을 해냈네. 헌데 그 무엇보다 급한 일이 있네."

장인의 말에 병호가 아무 말 없이 그의 입만 주시하고 있자 그가 말했다.

"당장이라도 혼례부터 올려야 하지 않겠나? 봄철도 되고 하니 날도 여간 좋아? 당장 혼례부터 거행하기로 하세."

어디 달아나기라도 할까 서두르는 장인을 보고 병호가 말했다.

"이런 일이 있었습니다. 하옥 영감이 저와 가까워지더니 제게 장가를 갔느냐고 묻더군요. 그래서 솔직히 대답했죠. '강경 객주의 따님과 혼약을 맺었다'고 그랬더니 펄쩍 뛰더군요. 실례지만 그분의 말을 그대로 전하면 '어디 장가갈 곳이 없어 그런 천것들하고 연을 맺었느냐'는 투였습니다."

이 말을 하고 병호가 잠깐 장인의 얼굴을 바라보니 소태 씹은 듯 아니 땡감을 씹은 듯 쓰면서도 떫은 아주 괴상한 표정이었다. 내심 웃음이 나왔으나 웃을 게제가 아니었으므로 병호는 목청을 가다듬고 다음 이야기를 들려주었다.

"그래서 제가 뭐란 줄 아십니까?"

홍순겸까지 두 사람 모두 긴장한 듯 목울대를 꿈틀대며 병호의 입만 주시하고 있었다. 이에 병호가 뜸을 들이려다가 예의가 아닌 것 같아서 곧장 답했다.

"하면 어제 맺은 언약을 오늘 형편이 폈다고 손바닥 뒤집듯 하면 되겠습니까?"

"그랬더니?"

그제야 장인 박춘보의 표정이 환하게 펴지며 곧장 질문을 던졌다.

"이 말을 듣고는 한동안 어이없다는 듯 나를 바라보더니 잠시 후에는 갑자기 파안대소를 하며 말했습니다. 사람이 됐다고, 진국이라고."

"아무렴, 사위의 말이 맞는 말이지. 사람이 이랬다저랬다 하면 그 인간은 벌써 신용이 없어 볼 장 다 본거야."

상인의 말로 풀며 아주 좋아하는 장인을 보고 병호가 말했다.

"그러니 혼례는 너무 서두르지 않았으면 좋겠습니다."

"흐흠……! 자네를 못 믿는 것은 아니지만 노처녀로 늙어가는 과년한 딸을 보고 있노라면, 마음이 답답해서 말이야."

그런 장인을 안심시키기 위해 병호가 말했다.

"늦어도 2년 안에는 장가 갈 테니 너무 걱정하지 마세요."

"여기 홍 차인도 들었어? 약속하는 걸세?"

"물론이죠."

그제야 확실히 마음을 놓는 장인을 보고 병호가 사업이야기를 끄집어냈다.

"이미 염전을 개발할 고본계를 결성했습니다. 그 지분에 따르면 장인어른의 지분은 1할 5푼입니다.

"뭐라고? 나와 상의도 없이 그렇게 적게 배당하면 어떻게 해? 나는 사위와 내가 전부 개발을 하는 것으로 알고 있는데?"

"허허, 욕심이 과하십니다. 지분을 열로 쪼개 그 일 좌 당 얼마를 내야 되는지 아십니까? 자그마치 10만 냥입니다. 1.5지분이면 장인어른의 부담이 15만 냥입니다. 또 이 사업만 하고 말 것입니까? 여기에 요정도 허가가 떨어졌으니 여기에도 지분을 투자하셔야죠. 또 이 사업만 합니까? 다른 사업도 연이어 전개될 텐데, 나는 장인어른의 자금이 걱정됩니다."

"험, 험, 염전 개발이 그렇게 자금이 많이 드는가?"

"물론 소규모로 하면 얼마 안 들이고도 할 수 있죠. 그러나 주변 나라들이 아직 이 방법을 모를 때, 빨리 대규모로 개발해 우리 조선은 물론 청이나 왜에도 수출을 해야죠. 해마다 100정보씩 개발한다 해도 수십 년이 걸릴 대규모 공사입니다. 물론 이런 방법으로 하면 안 되고, 염전 하나를 개발하게 되면 전체 큰 범위를 정해 조건이 되는 곳은 한꺼번에 1천 정보, 또 안 되면 6, 7백 정보라도 대규모 염전을 조성하되, 계속 자금만 투입할 수 없으니, 일부는 소금을 생산해 가며 하는 것으로 해서, 어느 시점에는 모든 염전이 완공되는 식으로 해야죠. 하면 최소 5년 길게 잡으면 10년이면 대체로 만족할 만한 결과를 얻지 않을까 생각하고 있습니다."

"무슨 얘기인지 대충은 알아듣겠네. 하면 요정은 또 어떻게 되는 것인가?"

이에 병호가 지금 계획된 사항을 대충 이야기하고 나니, 때맞추어 새로 지은 저녁 밥상이 들어왔다. 이에 맛있게 식사를 마친 병호는 곧 일행이 묵고 있는 넓은 사랑채로 건너가 전체 회의를 열어, 보다 구체적인 공사 계획안을 마련했다.

그러고 나서 병호가 방을 빠져나오니, 어언 찌그러진 달을 보고 장소가 호위 무사들과 함께 우두커니 서 있었다. 그 뒷모습이 왠지 쓸쓸해 보여 그를 툭 치며 물었다.

"무슨 생각을 그렇게 하고 있어?"

"여기까지 내려오셨으니, 집에 들렀다 가실거죠?"

"바빠 그럴 생각이 없는데?"

"아, 도련님은 홀로 계신 어머님이 불쌍하지도 않으십니까?"

열을 내는 장쇠를 보고 있노라니 어머니 걱정보다도 다른 생각이 있는 것 같아 혹시나 하는 마음으로 물어보았다.

"혹시 너 점순이가 보고 싶은 것 아니냐?"

"험, 험······!"

자신의 심정을 들켜 민망한지 헛기침만 연발하던 장쇠가 이실직고를 했다.

"도련님, 소인의 나이 벌써 스물 하나고요. 점순이 나이도 올해 벌써 열일곱입니다요. 전에는 점순이 크길 기다리느라 장가를 못 갔고요. 이제 갈 만하니 도련님 아픈가 싶고, 거기에 생각지도 못한 객지에서 1년여를 생활했으니, 점순이가 너무 보고 싶습니다."

"그 정도면 진즉 말할 것이지. 알았다. 내 어머니께 이야기해 점순이를 한양으로 데리고 가는 것으로, 아니 어머니도 동의하시면 모두 한양으로 올라가도록 하자."

"정말이시죠? 도련님!"

좋아 펄쩍 뛰는 장쇠의 머리라도 쥐어박고 싶었지만 키가 닿지 않아 포기하고 외따로 떨어져 있는 변소로 소피를 보러 갔다.

*　　　　*　　　　*

병호는 오일 만에 다시 한양으로 돌아왔다. 예정에 없이 하루 반나절이 지체된 것은 어머니와의 실랑이 때문이었다. 병호는 한양으로 모시려 했고, 어머니는 대처가 싫고 한적한 이곳이 좋다고 한사코 우기시는 바람에, 점순이만 데리고 한양으로 올라왔던 것이다.

물론 어머니 집에는 점순이 대신 집안일을 도울 하녀 하나를 장인에게 말해 보내기로 했다. 아무튼 한양으로 올라오자마자 병호는 점순을 위해 제일 바깥 행랑채 중에서 별도로 독립된 창고 옆 행랑채 하나를 통째로 내주었다. 물론 그곳에 거주하던 하인은 장쇠가 머물던 행랑채로 옮기게 했다.

그리고 병호가 자신의 주관하에 두 사람의 식을 올려주니, 장쇠의 입이 찢어질 대로 찢어졌다. 그들의 머리를 얹어주고 나니 저녁때가 다 되었다. 때 이르게 예상치 못한 손님이 찾아들었다. 규장각대교로 재직중인 남병철이 그였다.

"감축드리오."

"감축이고 뭐고 특별한 일이 없으면 하인을 통해 전할 것이 있으면, 전하라 하지 않았소?"

"이 일은 아주 중대한 일이라 내가 직접 왔소."

"염전 개발권 따낸 것을 축하한다는 핑계로 술값 좀 뜯으러 온 것이 아니고?"

"나를 뭐로 보고……."

화가 다서 일어서는 남병철을 향해 병호는 한 술 더 떴다.

"서학쟁이들의 탄압에 관한 건이라면 그냥 가셔도 좋소."

"그 일도 있지만 못지않게 중요한 건도 있소."

"그럼, 자리에 앉아 들어봅시다. 술값은 걱정 말고."

"사실 화대(畵代)로 적잖게 나가니 좀 그렇소."

"사정을 이해하니 어서 이야기나 들어봅시다."

"조병현(趙秉鉉)을 형조 판서(刑曹判書)로, 조인영(趙寅永)을 이조 판서(吏曹判書)로 삼은 것도 모자라, 중비(中批)로 이기연(李紀淵)마저 호조 판서(戶曹判書)에 임명했습니다."

여기서 중비(中批)는 전형(銓衡)을 거치지 않고 임금의 특지(特旨)로 관원을 임명하는 것이다.

"이것뿐만 아니라 방축(放逐)한 죄인 홍석주(洪奭周)를 석방하도록 하라하신지 며칠 지나지 않아 그를 탕척(蕩滌)하여 서용(敍用: 다시 등용)토록 했습니다. 이 뿐만 아니라 함경감사 김병조(金炳朝)를 엄중 추고(推考)토록 하고, 또 안동 김문에 가까운 전임 이조판서 정원용(鄭元容)을 탄핵하는 상소가 빗발치고 있소이다."

"참으로 가관이군. 다 예상한 일이오."

"설마?"

"다른 건은 또 없소?"

"왜 없겠소. 내가 읊어볼 테니 잘 들어보시오. 대사헌의 상주문이오."

"'근래 북경에서의 홍삼 거래가 매해 예전보다 못합니다. 1만 근을 가지고 가는 것이 번번이 다 팔리지 않아 가격이 낮아지는 근심이 높아지고 있습니다. …한 뿌리의 인삼이라도 홍삼으로 더 만들거나 밀수출되는 일이 없게 한다면 허다한 폐단이 어떻게 일어나겠습니까. 평안과 안주는 인삼이 몰래 넘어 들어가는 중요한 통로이며, 해서(海西)는 어선이 질러가는 지름길이니 더욱 규찰에 신경을 써야 합니다. 이런 뜻을 평안감사, 황해 감사와 수사 그리고 개성 유수 및 의주 부윤에게 공문을 내서 각별히 염탐하고 검문하되, 적발되는 양이 적고 많음을 따지지 말고 보고토록 하십시오. 또 만약 다른 기관의 정탐에서 홍삼의 불법 제조와 밀반출이 적발되면 해당 지역에 책임을 묻도록 하여 명심해서 거행토록 지시함이 어떠할까 합니다.'하니, 이런 일에 관여하고 있다면 하루라도 속히 손을 떼는 게 상책이오."

"아니, 그 긴 내용을 줄줄 외우다니 기억력 하나는 정말 비상하오."

병호의 칭찬에 흐뭇한 미소를 지은 남병철이 또 다른 내용을 줄줄이 암송하기 시작했는데 그 내용을 들은 병호는 또 한 번 깜짝 놀랐다.

그 내용 중 당선(唐船) 즉 중국 배뿐만 아니라 이선(異船)이 특별히 언급되고 있었고, 중국인을 뜻하는 저들(彼人)이 아닌 다른 종류의 사람이란 뜻의 이류(異類)가 강조되고 있는 점이었다.

여기서 이선(異船)은 중국배가 아닌 다른 나라의 배라는 뜻이니, 어느 나라 배인지 보고한 황해감사도 알지 못한다는 뜻이었다. 이를 들은 병호의 머리에는 '혹시 이양선(異樣船)?'이라는 생각이 얼핏 떠올랐으나, 역사적 사실로 미루어보아 아직 그럴 때는 아닌 것 같아 내심 의아함을 금치 못했다.

아무튼 남병철의 보고에 몇 가지 떠오르는 계책이 있어 내심 희심의 미소를 지은 병호는 곧 그에게 스무 냥을 들려 보냈다. 그리고 채 일다경이 되지 않아 역시 예상치 못한 손님의 배첩이 호위 무사 강철중의 손에 의해 전해졌다.

그 배첩을 보니 이렇게 적혀 있었다.

'廛契(전계) 大行首(대행수) 孔英淳(공영순)'

여기서 이 시대의 전계(廛契)라 함은 개성상인의 조합을 말하는 것으로, 한양 시전의 동업조합을 도중(都中)이라 한 것과 같은 의미였다.

이에 병호는 마침 잘됐다 생각하며 그를 들라고 했다. 머지 않아 헛기침 소리와 함께 방문이 열리며 사람이 들어서는데 한 사람이 아닌 두 사람이었다. 의아한 생각에 두 사람을 자세히 살피니, 사십 대 후반의 사내는 마치 상인이 아니라 무관을 보는 듯 당당했고, 이제 약관이 채 안되어 보이는 청년은 미려한 생김이 사내가 아닌 여자를 보는 듯했다. 전혀 닮지 않은 두 사람의 모습에서 병호는 더욱 의혹이 증폭되어 물었다.

"누굽니까?"

"그제부터 오늘이 삼 일째로 삼 일을 내리 뵐까하고 찾아뵈었더니 오늘은 마침내 뵙게 되는군요."

"나를요?"

"그렇습니다."

"무슨 일로요."

"우선 염전 단독 개발권을 따낸 것을 감축드리옵니다."

"허허, 벌써 아셨소?"

"실례된 행동이지만 작년부터 신치도에서 염전이 개발되는 상황을 작년 연말부터 알고 있었습니다."

"당신들의 정보력이 그렇게 빠르단 말이오?"

"허허, 이거 왜 이러십니까? 전국에 산재한 송방(松房)이 몇 개나 되는 줄 아십니까?"

"그야 당연히 모르지요."

"1만 2천 개입니다. 하니 전국 팔도 어느 곳을 가더라도 송방이 있다고 보는게 과히 틀린 말은 아니죠."

"정말 그렇게 많소?"

"우리 체제가 차인으로 오랜 세월 봉사하면 전방을 차려 내보내는 것이 상도의입니다. 그런 것이 조선도 초기부터 계속 전국으로 뻗어나갔으니 알 만하겠죠. 해서 전계가 열리는 연말이 되면 개성은 그야말로 오가는 상인들로 넘쳐납니다. 오늘 제가 왜 이런 자랑을 하겠습니까?"

내심 짐작이 갔으나 병호는 모른척하고 퉁명스럽게 말했다.

"아직 같이 온 일행에 대한 답을 하지 않은 것으로 아오."

"이런 결례가. 어서 인사드려라. 장차 조선 상계를 좌지우지하실 분이니, 극경의 예로도 부족할 것이니라."

"조선 상계의 거두를 뵙게 되어 크나큰 광영이옵니다. 미욱한 소생의 이름은 공창규(孔昌奎)라 하옵고, 여기 서 계신 분의 장자이옵니다."

"헌데 두 분이 전혀 닮지를 않았소?"

"제 어미를 꼭 빼다 꽂았소이다."

"부인되시는 분이 아주 미인인 모양입니다."

"못나지는 않았소이다."

"자, 사사로운 이야기는 이쯤 해두고, 나를 만나려는 연유가 뭐요?"

"벌써 아셨을 텐데, 굳이 제 입으로 답을 해야 합니까?"

"좋습니다. 우리가 송상에게 소금의 전국 판매권을 넘겨준다면 그 쪽에서는 우리에게 무엇을 해 줄 수 있습니까?"

"무엇을 원하시오?"

"흐흠……!"

침음하며 생각에 잠겼던 병호가 입을 떼었다.

"300만 냥을 빌려주시오."

병호가 부른 어마어마한 액수에 거금을 만지는 개성상인의 대행수 공영순마저 깜짝 놀라 즉각 반응했다.

"뭐라고요? 호조의 1년 쌀 수입이 10만 석 내외고, 비축하고 있는 동전의 양 또한 20만 냥 내외인데, 그 금액이 얼마나 큰 것인지 알고나 하는 소리요?"

"물론 한꺼번에 준다는 것은 힘들 테니, 3년에 걸쳐 연 100만 냥씩이오. 당연히 이자는 없소."

"허허, 거참……! 아무리 소금 판매 독점권이 앞으로 누만 금을 벌어줄 호재인긴 하나 그렇게는 못하오."

"요즘 사헌부에서 올린 상소를 보면 해주를 중심으로 서해상에서 공공연히 아니 은밀히 홍삼 밀무역을 하고 있다는데, 이것은 곧 홍삼을 전매하다시피하고 있는 송상이 관련되어 있다고 보아야겠지요."

"우리 가문은 그런 일 없소."

"계원 중에는 있을 수도 있는 일이지요."

"그것과 돈을 빌려주는 것과 무슨 관계요. 그만한 협박에 송상이 굴복한다면 큰 오산이고요."

"요즈음은 북경으로 홍삼을 가져가도 제 값을 받기 어려우니 이런 밀매가 일어나는 것 아니오?"

"북경으로 가져간 홍삼의 가격이 전만 못한 것은 사실이오."

"요즈음은 당선 외에도 이선(異船)도 출현하고 있다는데, 그 배는 어느 나라 배요?"

"나는 모르는 일이오?"

"이류(異類)는?"

"대답할 가치를 느끼지 못하오."

"허, 허, 좋소! 만약에 말이오, 홍삼을 직접 중국의 남쪽인 광동으로 가져갈 수 있다면 어떤 일이 벌어지겠소."

"북경의 시세보다 최소 3배 많게는 5배까지 받을 수 있지 않을까 하오."

"소금 판매권에 더하여 그런 일을 합법적으로 행할 수 있다면 300만 냥을 빌려줄 수 있겠소?"

"험, 험, 계원들과 의논해 봐야 되나 불가능하지는 않다고 생각하오."

"그럼 이렇게 합시다. 소금 판매권으로 150만 냥을 우선 빌려주고 좀 전에 내가 한 말이 현실화되었을 때, 나머지 150만 냥을 빌려주는 것으로."

"험, 험……!"

연신 헛기침을 하며 생각에 잠겼던 공영순이 말했다.

"귀공의 말에 따르면 조선이 해외무역을 허용한다는 이야기인데, 내가 볼 때는 천지가 개벽을 하기 전에는 어려울 것 같소."

"그래요? 후후후……!'

잠시 비웃음 비슷한 웃음을 흘리던 병호가 정색을 하고 자신의 계획을 말하기 시작했다. 그렇게 일다경 동안 진행된 병호의 이야기가 끝나자 공영순의 눈이 경악으로 크게 부릅떠져 있었다. 그러나 그는 얼른 표정을 수습하며 말했다.

"내가 보는 견지에서는 6할의 성공 가능성이 있소."

"하면 모험삼아 삼밭 경작지를 늘려봄직도 하겠네요."

"개성은 지금 포화 상태라 더 늘릴 데도 없소."

"왜 개성만 인삼이 재배 가능하다 생각하오?"

"그럼, 조선팔도에 개성만 한 인삼 재배지가 또 어디 있소?"

"후후후……! 분명 있소."

여기서 병호가 입을 다물고 언급을 하지 않자 공영순의 눈이 기대와 간절함으로 가득 찼다. 그러나 차마 입으로는 소리 내어 묻지 못하고 있었다. 이 작자가 또 무슨 황당한 요구를 할지 몰라 그런 것 같았다.

"당신과 나의 합작을 위해 내 그 정도는 공짜로 알려주겠소. 당장 내일부터라도 충청도 금산과 괴산의 토질과 기후조건을 면밀히 조사해보시오."

"허, 허, 과연 그 땅에 재배가 가능할까?"

"송상의 소금 판매독점권을 인정하되, 당신들의 전방에 판매하는 것이 아닌, 시골이나 외진 산간의 판매는 반드시 부상(負商)에게 넘겨주시오."

"험, 험, 그 제의가 아니더라도 현실적으로 우리도 그런 곳의 판매할 방법은 그 방법 밖에 없을 것 같소. 또 나라에서도 소금은 그들이 판매할 수 있도록 인정한 품목이기도 하니까요."

"그래서 우선 1년 안에 100만 냥, 그리고 반 년 안에 50만 냥, 나머지 150만 냥은 합법적으로 홍삼을 중국 남부시장에 팔 수 있을 때 빌려주는 것으로. 어떻소?"

"흐흠……!"

한참을 골똘히 생각하던 홍영순이 답했다.

"10만 냥 정도라면 내 전결로 가능할 것이나. 5만 냥은 계중의 의견을 물어봐야겠소이다."

"나도 무척 바쁜 사람이오. 이제 한가하게 한 곳에 머물 처지가 못 된단 말이오. 하니 결정을 못하겠다면 지금까지의 일은 없었던 것으로 합시다."

병호가 강경하게 나가자 이러도 저러도 못하고 망설이는 공영순이었다.

이때 일이 잘 풀리려고 그러는지 때맞추어 강철중이 또 하나의 배첩을 들이미니, 이번에는 경강상인(京江商人)의 대행수 내방 소식을 전한 것이다. 병호는 이를 그들이 볼 수 있게 바닥에 내려놓으니 이를 읽어본 둘의 낯색이 확연히 변했다.

이를 힐끗 본 병호가 밖을 향해 점잖게 외쳤다.

"잠시 기다리라 하시게."

"네, 저가!"

그러는 사이 아들 공창규가 슬쩍 부친의 소매를 잡아당겼다. 그리고 밖으로 나가자는 눈짓을 했다. 이에 헛기침을 연발하던 공영순이 잠시 나갔다 오겠다고 양해를 구하고는 둘이 밖으로 나갔다.

그리고 차 한 잔 마실 시간도 되지 않아 둘이 차례로 방으로 들어왔다. 그런 그들을 보고 병호가 거드름을 피며 점잖게 물었다.

"결정은 하셨소?"

"좋소. 그렇게 하기로 하되, 변제는 어떻게 하시겠소?"

"10년 거치 10년 분할 상환."

"좋소. 문서로 확약합시다."

"그 전에 우리의 조정에 대한 정보가 놀랍지 않소?"

"물론이오. 사실 내심 깜짝 놀랐소."

"계원이 1만 2천 명이라니 놀랍고, 우리가 염전을 사전에 개발하고 있다는 사실을 안 그 정보력도 놀랍소. 해서 말인데 앞으로 우리 서로 정보를 교환하는 것이 어떻소?"

"앞으로 우리가 함께 사업을 함에 있어서 믿지 않고서는 될 일도 안 됩니다. 따라서 그 제의에는 적극 동의하는 바입니다."

"좋소. 차제에 정보 교류 협정도 체결하는 것으로 합시다."

"바라던 바요."

이렇게 되어 병호가 가칭 상호로 정한 조양물산과 송상 사이에 두 가지 협정이 체결되었다. 즉 소금 단독 판매권으로 150만 냥을 대여해 주기로 하고, 만약 홍삼의 합법적인 중국 광주 직행 판로가 열리면, 그 때 또다시 150만 냥을 무이자로 공여하는 것으로.

또 여기에 정보 전달 임무를 맡고 있는 사속(使屬)을 통해 양자사이에 중요한 정보는 서로 교류하기로 협정을 체결했던 것이다. 이 모든 것이 끝나자 병호는 만족한 표정으로 밖을 향해 외쳤다.

"주안상 준비되었으면 들이시오."

"네, 저가!"

강철중의 대답이 들리는데 공영순이 손을 흔들며 말했다.

"가다리는 손님도 있고 하니 우린 이만 일어나도록 하겠습니다."

"험, 험, 이렇게 훌륭한 거래를 성사시키고도 술 한 잔 나눌 수 없다는 것이 매우 섭섭하오."

"술은 다음에 하는 것으로 하겠습니다."

"정 그러시다면 바쁜 분들을 더 이상 잡을 수 없지요."

병호의 허락이 떨어지자, 공영순 부자는 경강의 대행수와 마주치는 것이 어색한지 서둘러 떠나갔다.

그리고 일다경 후 김재순(金在純)이라는 배첩을 전한 경강 대행수가 방 안으로 들어왔다. 얼른 일어나 그를 맞으며 병호는 그를 한눈에 예리하게 살폈다. 육십 전후의 나이에 볼살이 거의 없어 고집 세어 보이는 강퍅한 인상에, 탐스럽게 자란 백염이 매우 인상적인 노인이었다.

그를 보며 병호는 언젠가 누구에게 들은 바 있는 경강상인 김재순(金在純)의 이력을 떠올리고 있었다. 그는 상인이었던 아버지에게서 장사를 물려받아 지금까지 장사꾼으로 살아왔다. 오랜 시간 노력한 끝에 지금 그는 상당한 세력이 있는 상인으로 여객주인업, 선상업, 선운업 등에 투자하여 이들을 한꺼번에 운영하고 있었다.

이러한 방법은 상인의 입장에서 볼 때 보다 편하고, 높은 이익을 누릴 수 있는 여건을 마련해 주었다. 경강상인들은 이런 구조 속에서 미곡, 목재, 소금, 어물 등 대부분의 상품을 매점매석하는 방식으로 돈을 벌었던 것이다.

김재순은 그중에서도 주로 곡물을 다루었는데, 곡물이 많은 이익을 가져다주는 품목이었기 때문이다. 곡물가는 작황에 따라 유동이 심했다. 곡물가는 추수기에 내려갔다가, 보리가 나기 전 춘궁기에 다시 크게 오르는 것이 일반적이었다.

상인들은 이러한 곡물가의 변동을 이용하여 적지 않은 이익을 취하였다. 그리고 김재순은 여객 주인으로 미곡 유통에 관계되는 상인층 즉, 위로는 미전상인(米廛商人)에서부터 아래로는 좌시미상(坐市米商)까지를 모두 장악할 수 있었는데, 여러 영업을 한꺼번에 했기에 가능한 일이었다.

김재순은 장삿속이 아주 밝은 사람으로 갖가지 방법을 통해 부를 추구했다. 그동안 그는 곡물이 여주 이천 등지에서 한강 수운을 통해 들어오면 매점매석을 해서 가격이 오를 때까지 기다렸다가 가격이 충분히 오르면 내다 파는 방식으로 돈을 벌었다.

그러던 순조 33년(1833)년.

김재순(金在純)은 강가에 쌓아둔 곡식 가격이 오르지 않음을 근심하여 여객(旅客)을 지휘하여 곡식을 저장하게 하고, 상인들과 서로 결탁하여 가격을 오르게 하였다.

2월 그믐 이후에는 곡식을 한양에 아예 들여오지 못하게 하였다. 그리고 10여 명의 여객 주인 가운데 한 사람만 판매를 하고, 나머지는 모두 가게를 닫게 하였다.

가게를 돌아가면서 열었으므로 곡식을 사려고 하는 사람은 한 곳에 모여들고, 쌀값은 자연히 폭등하게 되었다. 처음 6일과 7일 사이에 갑자기 두 배로 올랐고, 8일에는 서울 시전이 닫혀서 쌀값은 극에 달했다.

그러므로 한양 성민들은 돈이 있어도 쌀을 살 수 없게 되었고, 결국 도성 안의 빈민들이 무리를 지어 미곡 시전을 방화하여, 도성 안의 모든 싸전이 파괴되었다. 이 일로 인하여 조정에 공론이 일었고 김재순을 비롯한 일당은 결국 체포되어 벌을 받게 되었다.

그러나 그가 채 3년의 형도 살지 않고 나오자 경강상인들은 그의 배짱을 존경하여 그를 경상상인의 대행수로 추대했다. 그런 그가 병호에게 물었다.

"혹시 우리가 늦은 것이오?"

"소금 판매권이라면 늦었소이다."

"허, 허, 이런 일이……. 개성에서 어떻게 알고 우리보다 빠를 수 있지?"

곤혹스러운 표정의 그를 보고 병호가 말했다.

"사업을 하는 사람들이 어찌 소금만 사업이겠습니까?"

"무슨 다른 의논할 사안이라도 있는 것이오."

말을 하며 슬며시 자리에 앉는 그를 따라 병호도 좌정하며
말했다.

"미곡이오?"

"미곡?"

의아한 눈으로 바라보는 그에게 병호는 즉각 답했다.

"미곡 2만 석을 춘궁기 오르기 전의 가격으로 사고 싶소."

"2만 석씩이나?"

"그렇소."

"그 정도 물량이면 한양의 쌀값을 좌지우지하고도 남을 물
량인데, 그것을 도대체 어디에다 쓰려오. 혹시 나 마냥 매점매
석으로 일거에……."

"정반대요."

"엉?"

"아시다시피 금번에 대규모 염전을 조성하지 않소. 헌데 그
염전 공사에 일하게 될 역부 대부분이 아마 춘궁기에 배곯는
농민이나 어민이지 싶소. 그런 그들에게 나는 오르기 전의 쌀
값으로 품삯을 주어, 조금이라도 그들의 생계에 보탬이 되고
자 하오."

"허허, 뜻은 갸륵하나 그렇게 되면 우리의 올 장사는 헛하는 것 아니오? 아무리 대규모 물량이라지만."

"상인은 때로 큰 거래를 위해 조금의 손해는 감수할 수도 있는 것 아니오. 이번에 그렇게 선처를 해주신다면 내 보은하리다."

"어떤 방법으로?"

제2장
계영배(戒盈杯)

"예로부터 경상하면 미곡 말고도 빼놓을 수 없는 것이 있잖소?"

"배 말이오? 대개의 경상이 세곡선 취급으로부터 시작했으니 선박을 빼놓고는 이야기할 수 없죠."

"맞소."

병호의 긍정에 구미가 당기는지 무릎걸음으로 한 걸음 앞으로 다가오는 그를 향해 병호는 수염도 없는 턱을 쓰다듬으며 말했다.

"혹시 양이선(洋夷船)도 만들 수 있겠소?"

"무슨 말도 안 되는 소릴. 우리 경강상인들이 줄줄이 포승에 엮여 포청으로 끌려가는 것을 보려고 하는 소리요?"

"30척을 내 이 자리에서 바로 주문하리다."

"그래도 할 수 없는 것은 없는 것이오."

"아니, 방법을 강구하면 분명 있소."

"내 머리로는 도저히 방법이 떠오르질 않소."

"선박 기술자 중 젊고 유능한 사람들을 밀항시켜……."

그다음은 아주 위험한 발상이므로 누가 들을세라 병호는 그에게 귓속말로 자신의 계획을 상세히 설명했다. 그러자 이를 다 듣고 난 김재순이 답했다.

"위험은 하지만 분명 가능한 방법이군요."

"위험한 곳에 이문도 많이 남는다 했소."

"하면 도중(都中)의 간부들과 의논하여 가급적 빠른 시일 내에 가부간의 결정을 알려드리리다."

"쌀은?"

"흐흠… 그 또한 대규모 물량이니 도중의 논의가 불가피하오."

"알겠소. 그렇게 하도록 합시다."

곧 김재순이 자리에서 일어나자 병호도 곧장 그를 따라 일어나 배웅을 했다.

사실 병호가 송상에게 소금 판매권을 양도하고, 경상에게 선박 건조를 맡기기로 방침을 변경한 것은, 너무 사업을 크게 벌이다 보니 의외로 초기 자본이 많이 든다는 사실을 인지했기 때문이었다.

또 다른 한 이유는 조선이 개항을 하게 되면 서구 열강의 거대 자본에 의해 일제 때와 마찬가지로 민족자본이 예속될 가능성이 상당히 컸으므로, 혼자 잘살고 잘하기보다는 조선의 중요 상인들의 자본력도 키워 훗날에 대비해야겠다는 생각을 근래에 하게 되었던 것이다.

다음 날 아침.

병호는 모처럼 느긋하게 아침밥을 먹고 봄 햇살이 쏟아지는 거리로 나섰다.

그의 거의 처음이라 할 수 있는 한양 나들이에는 신치도로 향했던 대부분의 인물들이 수행했다.

달콤한 신혼 생활로 깨가 쏟아지는 장쇠는 물론 이파 네 명의 좌우빈객, 검계 계주 정충세 외에 두 명의 호위가 따라붙었다.

남병길은 우선 이상혁을 도와 당분간 학생들을 가르치느라 이 자리에 낄 수 없었다. 아무튼 일행을 한 번 휘둘러본 병호가 물었다.

"부상의 대방을 만나려면 어디로 가야 하오?"

"아, 팔도임방도존위(八道任房都尊位)를 말씀하시는군요. 그를 만나려면 관아가 밀집한 중부 징청방(澄淸坊)으로 가야 합니다. 일명 도가(都家)라고 하는 곳이죠."

한양의 지리는 물론 그들에 대해 너무 잘 알고 있는 정충세의 말에 병호가 의아해 물었다.

"아니 대부분이 천인인 등짐장수의 모임이 그들 일진데, 어찌 육조거리 근방에 위치할 수 있단 말이오."

"그건 그들의 역사와 무관치 않소이다."

이렇게 운을 떼고 답변에 나선 사람은 우포청 종사관으로 근무했던 이명식이었다.

"그들의 선조가 행주성 전투에 수천 명이 동원되어 활약한 것은 물론, 병자호란 때의 남한산성 전투… 가깝게는 정조대왕이 수원성을 축조할 당시, 석재와 목재를 운반해서 다듬고 철기를 제련하여 장안문(長安門)을 세운 공이 있는 관계로 나라에서도 그들을 우대하고 있는 것이죠."

"흐흠! 그렇군요. 참, 정 계주님!"

"네, 고문님!"

"충청도 접장에게 지시하여, 앞으로 금산이나 괴산 지역에서 송상의 토질을 살피는 일이 있는지 한번 알아보도록 했으면 좋겠습니다."

"무슨 일이 있는 겁니까?"

"내가 한 가지 제의를 한 것이 있는데, 그 지역이 삼포를 가꾸기에는 아주 적합한 지역이라 추천을 했거든요. 요는 그들이 그쪽을 조사한다는 것은 나와의 거래를 지속적으로 할 의향이 있다는 것이니, 아주 중요한 정보가 될 것 같아서 하는 말이오."

"알겠습니다."

비록 협정은 체결했지만 그들의 속내를 확실히 파악하기 위한 방법으로 병호가 이를 지시한 것이다. 아무튼 곧 북으로 방향을 잡은 이들은 머지않아 한성부 옆에 붙어 있는 와가 한 채로 들어설 수 있었다.

곧 이십여 명이 우르르 몰려나와 병호 일행을 둥글게 에워싸는데 그 모양새가 사나웠다. 이에 병호가 느긋한 웃음을 베어 물고 말했다.

"호의를 갖고 찾아온 사람들을 당신들은 이딴 식으로 대접한단 말이오?"

"실례지만 어디서 온 누구신지……?"

"나 안동 김문의 김병호라 하오."

나오지도 않은 배를 내밀고 의젓하게 말하는 병호를 보고 사십 대 중반의 곱상하게 생긴 자가 말했다.

"아, 이거 실례했소이다. 요즈음 장안에 뜨르르한 대상(大商)을 몰라뵈었다니 실례가 많았소이다."

"내가 요즘 그렇게 유명하오?"

"장사치나 소문에 밝은 자가 모른다면 그게 더 이상한 일이죠. 자, 이렇게 아니라 저의 도가를 방문했으니 안으로 드시지요."

"그럴까요?"

곧 일행은 그 자의 안내로 와가에서도 제일 넓은 방으로 안내되었다.

이곳이 그들의 사무실인 모양이었다.

처음의 우르르 몰려나왔던 자들 외에도 15명 정도가 더 있어 매우 복잡했다.

사방을 둘러보던 병호가 물었다.

"긴히 의논할 일이 있어 왔으니 여기 최고 대방을 만나고 싶소."

"아, 도임방님을 말씀하시는군요."

"잠시 기다리세요."

말과 함께 실내에 있는 또 하나의 문을 열고 안으로 사라지는 안내한 자였다. 오래 지나지 않아 그가 돌아 나와 말했다.

"기다리고 계시니 안으로 드시지요."

"그럴까요?"

병호가 일행을 다 데리고 들어가려고 하자, 훗날 알게 된 사실이지만 팔 인의 집사(執事) 중 한 명인 안내자가 말했다.

"혼자 가시는 게 좋겠습니다."

"끙, 너무 홀대하는 것 같은데?"

"저희들도 남의 집에 가면 철저히 예의를 지킵니다."

"알겠소."

두말 않고 혼자 닫힌 문을 열고 들어가니 사십 대 초반의 마마 자국이 있는 사내가 급히 자리에 일어나 맞았다.

"바삐 처리할 일이 있어서 결례가 많았소이다. 이리 앉으시죠."

실제인지 아닌지는 모르지만 말이라도 그렇게 하니 조금은 기분이 풀린 병호가 그가 권하는 자리에 앉았다.

"혹시 하교할 말씀이라도……?"

"좋소. 한 가지 의논하고 싶은 것이 있어 찾아왔소만."

"무슨 말씀이시든 하지죠."

"앞으로 우리가 대규모 염전을 조성해 천일염을 쏟아낼 것을 알고 있소?"

"물, 물론이죠. 저희들도 그 일을 토론하며 하룻밤을 꼬박 새웠고, 아니래도 내일은 찾아뵈려고 준비 중에 있었습니다."

"무슨 토의를 했다는 것이오?"

"조정에서도 선조들의 공훈을 감안하여 저희들에게 어염(魚

鹽), 수철(水鐵), 토기(土器), 목물(木物) 등을 판매할 수 있는 전매 특권을 부여했사오나, 새로 나올 소금도 이에 적용이 되는 것인지 몰라 설왕설래 말들이 많았습니다."

"판권까지 우리에게 일임했으니 사실 우리 마음먹기 달렸소."

"아, 그렇습니까? 그렇다면 더 일찍 찾아뵐 것을."

방금 병호가 말한 부분은 명확한 규정이 없었으므로 그 나름의 해석이었다.

현대인의 상식으로 보면 생산자가 마음대로 판로를 결정하는 상식인데, 온갖 규제가 난무하는 조선이다 보니, 그 문제를 확실히 하지 않은 것이 후회가 되었다. 하지만 지금 와서 이를 다시 거론하는 것도 말썽의 소지가 있으므로 병호는, 원 역사보다 가능한 빠르게 풍양 조씨의 세를 거세할 결심을 하고 있었다.

아무튼 병호가 그의 말에 고개를 끄덕이며 말했다.

"지금도 늦지 않았소이다."

"아, 다행이군요. 이런, 이런, 이야기에 정신을 팔다 보니 소인의 소개가 늦었습니다. 엄곽산(嚴郭山)이라 합니다."

"김병호라 하오."

새삼 자리에 일어나 뒤늦은 소개를 한 양인은 다시 자리에 앉아 본격적인 논의에 들어갔다.

"내 생각은 당신들의 운송 능력에는 한계가 있으니 송상이 전국 팔도의 송방에 우리 소금을 갖다놓으면, 거기서 부상 당신들만이 떼어다 파는 것으로 하는 게 어떻겠소?"

"말씀 그대로 저희들에게는 큰 운송 수단이 없으니, 그 방법이 가장 이상적입니다. 헌데 이런 혜택을 주시는 데는 반드시 요구할 것이 있으실 것 같은데?"

"그렇소. 참, 보상과는 지금 하나의 단체가 아니죠?"

"보따리장수들과는 엄연히 다른 단체입니다. 물론 그들 나름대로 단체가 있긴 합니다만."

"좋소. 내 요구는 다른 것이 아니요. 당신들 조직도 전국에 뻗쳐 있을 것인즉, 요원이 획득하는 긴요한 정보는 우리 상단에 알려줬으면 하오."

"의당 그렇게 해드려야 합죠. 또 요구하실 것은 없습니까? 참, 오늘은 정신이 하나도 없군요. 상단주님을 우리 조직의 영위(領位)로 모시고 싶습니다. 마침 공석이거든요."

"영위(領位)는 또 뭐요?"

"쉽게 말하면 고문입니다."

"허, 허… 여기도 고문 지위요."

"또 어디 고문직을 맡으신 것이 있으십니까?"

"그것은 알 것 없고, 요중(僚中)은 몇 명이오?"

"현재 5만 명가량 됩니다."

"상당하군."

"그렇습니다."

"내 말은 여기까지요. 할 말 있으면 하시오."

"고문직은 맡아주시는 것이죠?"

"그렇게 하도록 합시다."

"감사합니다."

새삼 일어나 감사를 표하는 그를 물끄러미 바라보던 병호
가 물었다.

"사무실에 인원이 왜 이렇게 많소?"

"조직이 조직이니만큼, 이곳 유료 임원만 해도 35명이나 됩
니다."

"흐흠… 그렇군요. 자, 서로 좋게 협의가 끝났으니 다음을
기약합시다."

"곧 찾아뵙도록 하겠습니다."

"그러시오."

곧 자리에서 일어난 병호는 엄곽산의 공손한 인사를 받으
며 사무실을 나왔다. 그런 그가 일행에게 말했다.

"육의전으로 갑시다."

"사실 것이 있습니까?"

이파의 물음에 병호가 말했다.

"지난번 강경에 다녀올 때 노리개를 사다준다 해놓고는 깜

빡하는 바람에 요새는 삐쳐서 말도 안 하오."

"하하하……!"

"늙으나 젊으나 대저 여인들이 그렇습니다.

결혼을 한 정충세의 말에 병호는 엉뚱하게도 장쇠를 보고
말했다.

"들었지?"

"네, 소인 놈도 이참에 노리개 하나 사주시죠. 점순이에게
점수 좀 따게요."

"아니래도 깨가 쏟아질 땐데 점수는 무슨 점수?"

전 좌포청 종사관이었던 장붕익의 말에 일행은 와자하니
웃음을 터뜨렸다.

머지않아 많은 사람이 구름같이 모였다 흩어지는 거리라는
뜻의 운종가(雲從街)에 도착한 병호는 곧 노리개 파는 전에 들
러 세 개를 샀다.

젊은 부녀나 어린이들이 패용하는 소삼작노리개를 하나 사
서 장쇠에게 주었고, 남색, 주홍색, 금향색의 24사(絲)로 연봉
매듭을 짓고, 나비 모양의 자줏빛 마노(瑪瑙)와 밀화 구슬을
단, 오색찬란한 나비방울술노리개도 한 개를 샀다.

그리고 일편단심(一片丹心)이라는 글자가 새겨진 장도 하나
도 샀다.

특이하게도 이 장도에는 은저(銀箸)가 달려 있어 외부에서

식사하게 될 때 젓가락으로 사용하고, 음식 중의 독의 유무를 판별할 수 있게 된 장도였다.

그런데 병호가 이를 사고 나니 모두 부러워하는 기색이 역력했다.

이에 병호가 아예 모든 사람들에게 모두 하나씩 사주니 하나같이 즐거워했다.

노리개가 외형상 섬세하고 다채로워 호화로운 장식이기도 했지만, 정신적인 배경으로도 부귀다남, 불로장생, 백사여의(百事如意) 등을 축원하는 뜻이 있으니, 그야말로 선물로 적격이라 모두 집에 있는 아내들을 떠올리고 즐거워했던 것이다.

웃고 떠드는 것도 잠시, 병호가 말했다.

"여각을 짓고 있는 마포나루로 가봅시다."

"네."

일행은 곧 한 무리가 되어 빠른 걸음으로 마포나루로 향했다. 마포(麻浦)나루는 용산강 하류에 있는 포구로서, 한양 남서쪽의 운수 교통량이 많은 5강 중의 하나였다.

이곳은 삼남 지방의 곡식과 소금, 새우젓 등 젓갈류의 집산지로 유명한 곳이었다. 또 마포나루의 강 건너에는 여의도가 있고 현재는 백사장이었다. 이 백사장을 지나 시흥으로 가는 길이 연결되는 것이다.

여의도는 근대에 생긴 지명이고, 이 당시에는 양화도, 나의

주 등으로 불렸다. 현재 국회의사당 자리인 양말산은 홍수에 잠길 때도 머리를 살짝 내밀고 있어서, '나의 섬', '너의 섬'하고 말장난처럼 부르던 것이 한자화되어 여의도(汝矣島)가 되었다고 한다.

아무튼 일행은 근 반 시진을 걸어 마포의 여각을 짓고 있는 현장에 도착했다.

확실히 젓갈류의 집산지답게 봄바람에 은근한 비린내가 풍겨오고 있었다. 이런 가운데 병호는 500평의 넓은 터를 휘둘러보았다.

부근 대부분이 초가집인 가운데 기와집은 띄엄띄엄 있는 속에서 500평에 이르는 넓은 용지도 용지지만, 들어서는 건물 역시 주변을 압도하고 있었다. 두 칸 규모의 방 15개를 한 채로, 가운데 제법 넓은 통로를 두고 나란히 지어지고 있었고, 남쪽으로는 주청과 주방으로 쓰일 별도의 와가가 50평 규모로 지어지고 있었다.

이정도 크기면 주방을 빼고도 동시에 100명 이상의 술과 식사가 가능한 것이다.

그 외에도 15평 내외의 단독 와가가 네 채, 또 그보다 배는 큰 30평 규모의 와가가 단독으로 또 한 채 지어지고 있었다.

이 모든 것을 살펴본 병호는 한 가지 아쉬운 점이 있어 말했다.

"나무 한 그루 없이 너무 삭막하오. 하니 담을 따라 꽃과 나무도 좀 심고, 작은 연못에 정자라도 하나 세워 보다 운치 있게 만들었으면 좋겠소."

"알겠습니다. 고문님! 여각 공사를 총책임지고 있는 정충세가 곧장 답해왔다. 그러자 병호가 30평 규모의 단독 기와집을 보고 물었다.

"저곳이 비림의 사무 공간이오?"

"그렇습니다. 내부는 둘로 나뉘어져 사무실과 숙소로 사용할 수 있게 했습니다."

"보아하니 준공이 머지않은 것 같은데 언제 공사가 다 끝나겠소?"

"이제 내부 마무리 공사만 하면 되므로, 고문님이 지시한 대로 정자까지 세운다 해도 3월 말이면 다 끝낼 수 있을 것입니다."

"흐흠……!"

잠시 생각에 잠겼던 병호가 또 물었다.

"이현(梨峴: 일명 배오개로 동대문 시장의 전신)과 칠패시장(七牌市場: 남대문 시장의 전신)에 짓는 여각도 말이오?"

"그렇습니다. 그곳은 이곳보다는 규모가 조금은 작으므로 보다 빨리 끝낼 수 있을 것입니다."

"좋습니다. 하면 이곳은 물론 다른 두 곳 역시 대목들은 벌써 공사가 다 끝났을 것이므로, 마무리는 각 편수들에게 맡기고, 도편수는 인왕산 행궁과 요정 공사에 투입될 수 있도록 하면 좋겠습니다. 아니 도편수를 아예 내게 보내주시오. 하면 그와 함께 인왕산을 한 바퀴 둘러보고 전체를 내가 설계할 테니까."

"네, 바로 조처하도록 하겠습니다. 고문님!"

"그리고 한곳으로 정보를 주고받는 사람들이 몰리면 그 역시 외부로 노출될 가능성이 크므로 보다 세분화시키는 게 좋겠습니다. 즉 이곳은 이명식 우빈객이 맡아 검계의 정보를 관장하고, 이현 여각은 장붕익 좌빈객이 맡아 부상들의 정보를 담당하고, 칠패 여각은 이재학 좌부빈객이 맡아 송상들의 정보를 수집했으면 합니다. 하여 이 정보를 이파에게 전해주시면, 이파가 모든 정보를 종합하여 나에게 보고하는 것으로 합시다."

"네, 명에 따르겠습니다."

모두 일시에 대답을 하는데 이 임명에서 빠진 우부빈객 우완식이 퉁명스럽게 물었다.

"나는 왜 빠뜨리시는 겁니까?"

"아, 당신은 우선 나와 함께 지내되, 훗날 우리가 보상들과도 정보를 교류하게 되면 그때 가서 그곳을 맡으시오."

"하면 내가 정보를 관장할 숙사는요?"

"오, 그리고 보니 그러네. 다른 사람들은 모두 여각 한 채를 갖고 정보원들과 접촉을 하는데 말이오. 좋소. 그렇다면 저 한양 북쪽 누원점에도 여각을 하나 더 신축하도록 합시다. 누원점이 원산 일대의 상인들이 몰려드는 곳이니, 그쪽 방향 정보를 수집하는데 안성맞춤일 것이오. 하고 그곳이 준공되면 되는 대로 송상의 정보를 관장하는 이재학 좌부빈객이 그곳으로 옮기고, 칠패로 당신이 입주하는 것으로 합시다. 그곳에서 보상들의 정보를 수집 분석하는 것으로."

"알겠습니다."

모두 복명하는 가운데 병호가 또다시 정보의 중요성을 강조했다.

"내 누누이 강조하지만 정보는 곧 생명이요, 돈이니, 작은 정보라도 허투루 대하는 일이 없도록 하시오."

"명심하겠습니다."

오늘 오전에 계획했던 일이 모두 끝나자 병호는 곧장 일행을 데리고 자신의 집으로 향했다.

집에 도착하니 마침 점심때라 병호는 밥상을 안채에 차리도록 했다.

지홍에게 선물도 전해줄 겸 해서였다.

점심상이 차려질 동안 잠시 기다리던 병호는 장쇠의 연락을 받고 안채로 향했다.

"험, 험……!"

병호가 방에 들어왔어도 단지 목례를 건네는 것으로 끝내고 외면하는 지홍을 보고 어색한 헛기침을 흘리던 병호가 말했다.

"이것이 뭔지 보시오."

마지못해 돌아보던 그녀가 오색찬란한 노리개를 보고는 반색하며 말했다.

"어머, 진짜 노리개를 사오셨네. 나는 농담으로 한 말인데."

"농담으로 말했다는 사람이 오늘 벌써 며칠째요. 골이 나 사람이 와도 본체만체하고."

"어머, 천첩이 그랬어요? 본디 그런 의도는 아니었는데."

"이것도 가지시오."

병호가 말과 함께 품에서 은장도마저 꺼내주니 그녀의 얼굴이 차갑게 굳었다.

"천첩보고 정조를 잃으면 죽으라는 말씀이시군요."

"꼭 그런 것은 아니고, 나는 그 끝에 달린 은수저가 마음에 들어서 샀단 말이오. 품에 품고 있다가 남의 집에 가기라도 하면, 그 은수저로 음식을 검식해 보면 금방 독의 유무를 알 수 있어, 좋을 것 같아서 말이오."

병호의 장황한 변명이 통했던지 지흥이 방긋 웃으며 말했다.

"그런 뜻이셨군요. 난 그것도 모르고 서방님을 오해했네요. 하지만 천첩도 정조를 잃는다면 더 살 생각이 없으니 걱정 마세요."

"어허! 뭔 말을 그리 하오. 그깟 정조가 뭐라고. 나는 당신의 그 아름다운 모습을 잃고는 살 수 없으니 절대 그런 말 마오."

"서방님! 정말이시죠? 흑흑흑……!"

갑자기 품에 기대어 우는 지흥 때문에 난감한 병호가 말했다.

"찬 다 식겠소. 어서 식사부터 합시다."

"네, 서방~ 님!"

언제 울었냐는 듯 방긋 웃음 지으며 상머리에 달라붙더니, 그때부터 반찬으로 나온 생선뼈를 일일이 발라 병호의 밥 위에 얹어놓는 애물단지 지흥이었다.

*   *   *

다음 날.

아침부터 경상의 대행수 김재순이 병호가 묵고 있는 사랑채로 찾아들었다.

"조반은 드셨습니까?"

김재순의 인사에 병호는 자신도 모르게 웃음이 나왔다. 대부분이 곤궁하게 살던 한국의 1060년대, 그 시절 촌에서는 어른을 만나면 금방 김재순이 행한 '진지 잡수셨어요?'가 서로 간에 주고받는 인사였다.

대부분 점심은 고구마가 있으면 한 끼 때우고, 없으면 아예 굶던 시절.

하루 두 끼… 그것도 죽으로도 연명 못해 봄이면 정말 초근목피로 간신히 목숨이나 부지하던 시절에는, 누구나 밥 세 끼 해결하는 것이 당면 현안이요, 선결 과제였기 때문이었다.

그 인사를 들으니 새삼 감회가 새로워 잠시 말을 잇지 못하던 병호가 답했다.

"물론이오. 그래, 결정은 하셨소."

"그렇습니다. 양곡 2만 석을 우리가 공급하는 것은 물론, 양이선 건조를 위한 기술자도 시기를 보아 밀항시키기로 했습니다."

"어느 나라로 밀항을 시킨단 말이오?"

"청나라 광주에 가면 양이선이 없겠습니까?"

"그보다 내 생각은 일본의 나가사키(長崎)로 밀항을 시키는

게 좋겠습니다. 그곳에 가면 화란(和蘭: 네덜란드)과 청국 상관(商館)이 있을 것이오. 그중에서도 화란 상관과 접촉하면 방법이 생길 것이오. 조선인 또한 화란이나 청국과 같이 천주교를 포교하지 않으니 홀대받지는 않을 것이오."

"알겠습니다. 헌데 2만 석이 한꺼번에 필요한 것은 아니지요?"

"물론 그렇습니다. 소비되는 상황을 보아 순차적으로 들여도 되지만, 우리가 염전 공사를 하는 곳마다 양창(糧倉)을 지어 그곳으로 운송을 해주었으면 좋겠습니다."

"하면 우리가 창고도 짓고 그곳까지 운반도 해주어야 한단 말입니까?"

"그렇습니다."

"허허, 또 다른 문제를 하나 안았군."

"그 대신 우리가 순납(順納)을 허용하지 않습니까?"

"그래도……."

마뜩치 않아 미간을 찌푸리고 있는 그를 향해 병호가 가장 중요한 것을 물었다.

"얼마의 가격에 주시겠다는 말입니까?"

"요새 춘궁기라 여덟 냥을 호가하고 있습니다. 하니 가마당 일곱 냥에 드리겠습니다."

"그러면 싼 것도 아니잖소? 그런 거래라면 하지 않겠소. 평소 가격 그대로 닷 냥에 주시오."

"그건 너무……."

"아니면 다른 상단에 맡기던지 우리가 직접 하겠소."

"누가 있어 그 많은 물량을 조달할 수 있단 말입니까?"

"송상이나 의주 만상 아니면 마음만 먹으면 우리도 얼마든지 가능하오. 필요하다면 내상이라도 전부 동원할 작정이오. 하면 우리가 앞으로 하는 사업에 경상은 완전 배제시킬 테니 그런 줄 아시오."

"허허, 거참……."

난처한 표정을 짓는 그에게 병호가 이번에는 당근책을 제시했다.

"자, 이건 어떻소. 우리 요정 사업에 1할의 지분을 주겠소."

"그건 또 뭐요?"

"나, 참. 이렇게 정보에 어두워서야. 조선 최고의 명기들과 조선 최고의 음식 속에, 멋진 풍광이 어우러진 일류 시설에서 술과 음식을 마음껏 들며 세파의 시름을 잠시 잊게 하는 멋진 사업이오."

"가격은 무척 비싸겠네요?"

"그러니까. 돈이 되지 않겠소?"

"좋소이다. 하면 여섯 냥으로 합시다."

"뭐라고? 닷 냥 닷 푼! 더 이상 흥정은 없소."

말과 함께 병호가 자리를 박차고 일어나자, 김재순이 마지 못해 답했다.

"좋소. 닷 냥 닷 푼에 드리되, 그 대금은 바로바로 결제해 주시오."

"물론이오. 창고에 입고되는 대로 바로바로 그 자리에서 결제를 해드리리다."

"알겠소."

닷 냥 닷 푼에서 5전이 아닌 5푼은 김재순의 면을 세워주기 위한 생색용이 되어, 어렵게, 어렵게 염전 공사에 동원될 역부들의 식량과 급료의 일부가 해결되었다.

그리고 벌열 가문은 아니더라도 지방에 내려가지 않고 한 양에 눌러앉아 해를 따라 도는 해바라기처럼, 권력 지향적인 제법 내로라하는 유수의 가문들도 경상을 통해 우군으로 끌어들이는 작업에 성공했다.

그들이야말로 겉으로는 아닌 척하지만 음지에서 경상을 움직이는 주요 자금원이었기 때문이다. 그러니까 경상이 예뻐서 주는 것이 아니라 그런 향락사업(?)을 벌임에 있어서, 여론을 나쁘게 흐르지 않게 하는 일종의 입막음용으로 지분을 할애한 것이다.

다음 날 아침부터 두 사람이 병호가 머무는 사랑채를 찾아들었다.

어제 병호가 지시한 바에 따라 도편수(都邊首) 배희찬(裵喜贊)과 부편수(副邊首) 신흥수(申興洙)라는 사람이었다.

그들과 상견례를 끝낸 병호가 막 함께 인왕산으로 갈 전재룡 등 화원 세 사람을 부르고나니 전혀 예상치 못한 손님이 찾아들었다.

삿갓을 쓴 나그네 차림을 한 전재룡을 찾는다는 것이었다.

이에 병호가 잠시 기다리라 하니 잠시 후 전재룡 등 세 명의 화원이 나타났다. 그런데 그를 본 전재룡이 반색을 하는 것이 아닌가.

"얼마나 기다렸다고요."

"음, 내가 한동안 명산대찰을 찾아 유람하느라 며칠 전에야 한양으로 돌아왔다. 헌데 네가 운영하던 약포에 가보니 문이 닫혀 있어, 수소문 끝에 오늘에서야 너를 찾아온 것이란다."

"잘 오셨어요. 아침은요?"

평소의 버릇인지 손이 머리 쪽으로 올라가다가 삿갓을 쓴 것을 상기했는지 손을 내리며 그가 작은 목소리로 말했다.

"아직……."

이 소리를 들은 이제 15세의 재룡이 막내 유재소에게 지시를 했다.

"네가 점순이 아줌마한테 부탁해 아침상 좀 하나 차려 달라 해라."

이때 이들의 이야기를 함께 듣고 있던 병호가 끼어들었다.

"아예 상을 사랑채로 내오도록 해라."

"네, 나리!"

이제 11세가 된 재소가 뛰어가는 것을 보고 병호가 과객에게 말했다.

"일단 사랑채로 듭시다."

"아, 미처 제가 소개를 못 해드렸네요. 이분이 제가 그토록 찾던 스승님이나 마찬가지인 분으로, 추사 대감님의 제자분이기도 하세요."

자랑스럽게 이야기하는 재룡의 말을 들은 병호가 무의식적으로 손을 내밀며 말했다.

"그래? 우리 인사나 나눕시다."

병호의 말과 행동에 잠시 멈칫하던 과객이 삿갓을 벗어들며 정중히 고개를 조아렸다.

"김수철(金秀哲)이라 하옵니다. 호는 북산(北山)이고요. 중인 신분이니 말씀을 낮추시는 게 좋겠습니다."

"나 김병호라 하오."

같이 인사를 나누며 그의 얼굴을 바라보니 삼십 대 초반으로 평범한 생김이었다. 그런 그를 향해 몇 마디 더 하려는데 또 두 명의 손님이 찾아들었다.

기다리던 수석차인 홍순겸이 드디어 찾아온 것이다. 그런데 한 가지 더 반가운 것은 강진으로 내려갔던 도공 우명옥도 함께 온 것이다.

이에 병호가 농담으로 말했다.

"오늘 까치가 우는 것도 못 들었는데 연이어 귀한 손들이 찾아오는 것을 보니 나 몰래 울긴 운 모양이오. 하하하……!"

"하하하……!"

웃음으로 반갑게 두 사람을 맞은 병호가 홍순겸에게 물었다.

"구장복은 못 보았소?"

"주안에 들렀더니 이미 그곳을 살펴보고 평안도 염전 예정지로 떠났다고 합니다."

"주안에도 벌써 인력이 배치된 모양이오?"

"그렇습니다. 지난번 공사를 하던 인부 서른 명이 배치되어 자신들이 머물 숙소부터 짓고 있었습니다."

"흐흠……! 그렇군."

"헌데 저가!"

병호가 말없이 그를 바라보자 홍순겸이 곧장 자신의 의견을 개진했다.

"오면서 시흥의 군자부터 죽 해안을 따라 올라오며 살펴봤는데, 소래포라는 곳도 염전을 조성하면 아주 좋을 것 같습니다. 그곳이 위치상으로도 주안과 군자를 연결하는 중간에 있는 데다, 염전으로 개발하면 썩 좋은 조건을 구비하고 있었습니다."

하긴 홍순겸이 말한 소래포구 역시 예전에 염전을 조성했던 곳이니 그의 보는 눈이 정확하다 할 수 있었다. 아무튼 그의 말에 잠시 생각에 잠겼던 병호가 말했다.

"그 문제는 생각 좀 해봅시다. 내 계획으로는 말이오, 장차 대규모 공장 용지도 필요하단 말이오. 따라서 나는 진즉부터 중간에 위치한 그곳을 공장 용지의 하나로 손꼽고 있었소. 하니 그곳만은 잠시 접어두고 두 곳부터 개발하는 것이 좋겠소."

"알겠습니다, 저가!"

병호가 소래포를 염전이 아닌 공장 용지로 생각하는 것은, 현대 한국에서는 그곳 일대가 남동공단으로 조성되어 있기 때문에 생각해 낸 발상이었다. 아무튼 이제 병호의 시선이 우명옥으로 향했다.

"어떻게 된 일인가?"

"생각보다 빨리 설백 계영배와 청자 계영배를 만들었기 때문에 그걸 각각 열점씩 가지고 올라왔습니다."

"뭐라고? 청자 계영배까지?"

"네, 나리!"

이 말을 들으니 아무래도 오늘은 이야기가 길어질 듯했다. 그래서 병호는 아직도 한편에 서서 세 사람의 이야기에 귀를 기울이고 있는 전재룡 등에게 말했다.

"아무래도 인왕산은 내일 가야겠다. 가서 회포나 풀어."

"네, 나리!"

그들 세 사람이 물러가자 병호는 곧 자신의 거처로 두 사람을 데리고 들어갔다.

방 안에는 아직도 도편수와 부편수가 있어 서로 인사를 나누도록 한 병호는 자리가 불편할 것 같아, 공사 책임자인 두 사람을 다른 넓은 사랑채에 머물도록 하고, 인왕산은 내일 가겠다는 말도 전했다.

두 사람이 방을 나가자 병호가 아까부터 갖고 있던 의구심으로 유명목에게 질문을 던졌다.

"설백 계영배야 당연히 만들 것이라 예상했지만, 청자는 맥이 끊어진 것이 아닌가?"

"그게 이렇게 된 것입니다."

이렇게 시작된 그의 이야기를 요점만 정리하면 이런 내용이었다. 그와 그의 스승은 오래 전부터 고려청자를 시현해 낼 욕심으로, 이의 재현에 나섰으나 10년 전까지 무수한 실패만 거듭해왔다는 것이다.

그런데 우명옥이 강진에 가서야 고려청자의 실체에 어느 정도 접근할 수 있었다고 한다.

그가 내려간 강진 대구현 일대만 해도 9개 마을에 180여 곳의 가마터가 있더란다.

그래서 그는 청자를 구현해 낼 욕심으로 그곳을 열심히 뒤지던 중 한 가지 단서를 발견했다.

결론적으로 말해 그는 철분이 조금 함유된 흙에 장석유(長石釉)를 바르고 고온에서 환원염(還元焰)으로 굽자, 유약 속의 철분이 비취(翡翠)빛으로 영롱하게 빛나는 청자를 얻을 수 있었다한다.

그전에는 철분이 함유된 흙이라도 장석유 대신 소다유(釉)나 연유(鉛釉)를 발랐거나, 아니면 장석유를 유약으로 사용했지만, 철분이 깃들지 않은 흙을 사용하는 바람에 실패했다는 결론을 얻었다는 것이다.

이로써 임진왜란으로 도공들이 대거 왜로 끌려가는 바람에 맥이 끊겼던 고려청자가, 다시 재탄생이 되었다하니 병호는 큰 기쁨을 느끼고 그의 노고를 치하했다.

"참으로 훌륭한 일을 해냈네. 앞으로 그 기술을 더욱 발전시켜 자네가 자랑하는 설백(雪白)자기와 함께 후대에 계승시켜

주시게."

"명심하겠사옵니다. 나리!"

"그런데 그 물건은 어디 있는가?"

"네, 여기 계신 홍 차인께서 귀한 물건이라고 두 명의 일꾼에게 별도로 호송시켰습니다요."

"하하하……! 소인도 그게 어느 정도 값진 물건인지 잘 알기 때문에 두터운 솜으로 몇 겹을 싸서, 각각 백자와 청자를 분리해 두 명의 역부들에게 나누어 조심스럽게 옮기고 있는 중입니다. 아무리 걸음마저 조심스럽게 걷게 했지만 지금쯤은 당도했을 것이니 소인이 나가 보겠습니다."

"그렇게 하세요."

병호의 허락이 떨어지자 홍순겸이 곧장 밖으로 나갔다. 자연스럽게 방안에는 이제 둘만이 남게 되었고, 병호가 우명옥에게 또 하나의 궁금한 사항을 물었다.

"스승님의 용서는 구했는가?"

"네, 소인의 몇 번에 걸친 간절한 서신에 스승님께서도 이제 용서를 하시고 어서 돌아오라고 하시지만, 그간 청자를 구현하고 설백 계영배를 완성시키느라 아직 찾아뵙지를 못했습니다요."

"다행일세. 이번 일이 끝나면 예까지 왔으니 광주로 스승님을 한번 찾아뵙도록 하고, 자네에게 내 특별한 임무를 부여하도록 하겠네."

"하명만 하시죠. 소인 목숨으로 나리의 명을 완수하겠나이다."

"붉은 빛이 나는 진흙 즉 산화철이 든 진흙이 있는 곳을 전국을 뒤지는 한이 있더라도 찾아내, 내가 그림으로 그려주는 붉은 벽돌을 구워내시게. 그전에 내가 볼 때는 청자를 만들 때 들어간 철이 함유된 흙으로 일단 적벽돌을 구현해 보도록 하라고. 그것도 가능할지 모르니. 하고 도자기를 구울 때의 도요의 내화벽돌보다 훨씬 고온에서도 견딜 수 있는 내화벽돌도 만들어 내시게. 그러니까 내 말은 철을 제련할 때의 고로(高爐)에 들어가는 내화벽돌보다 더 강한 열에 견딜 수 있는 벽돌을 만들어보라는 거야. 그 방법으로 우선 고로에서 나온 쇳똥을 빻은 것에 소석회를 좀 넣고 구워봐. 알겠나?"

"네, 명심 봉행하겠사옵니다. 나리."

이때 홍순겸이 두 명의 일꾼에게 들려 두 점의 계영배를 들고 들어왔다. 그리고 그것을 깨질세라 조심스럽게 병호의 앞에 놓았다. 이 모습을 보고 우명옥이 말했다.

"너무 조심스럽게 대하지 않으셔도 됩니다. 물론 떨어뜨리면 깨지겠지만 그전에는 절대 안 깨질 테니까요."

이 말을 받아 홍순겸이 퉁명스럽게 말했다.

"너무 귀한 물건이니까 그렇지."

둘이 아웅다웅하는 사이에 차례로 손에 들고 감상하던 병호가 찬사를 쏟아냈다.

"참으로 아름답구나! 하나는 문자 그대로 설백(雪白)으로 눈부시게 빛나고, 하나는 마치 태고의 신비를 머금은 듯, 그 빛이 인간 세상의 빛이 아닌 듯 깊고 오묘해! 하하하……! 참으로 잘 만들었다. 앞으로 이것도 대량생산의 길을 터보도록. 청나라나 왜 또는 양이로의 수출 길도 열어보게."

"명심하겠사옵니다. 나리!"

이때 문득 떠오르는 것이 있어 병호가 밖에 대기하고 있는 장쇠를 불렀다.

"장쇠야!"

"네, 도련님!"

"너 바로 가서 오늘 온 김수철이라는 사람을 포함해 화원 네 명을 다 데리고 와. 단 세 명의 꼬마 화원들은 자신이 제일 잘 그린 작품을 가지고 오도록 전하고."

"네, 도련님!"

장쇠가 화원을 부르러 가자 병호가 홍순겸에게 물었다.

"혹시 벽돌의 크기도 기억하는가?"

"벽돌도 규격이 있습니까?"

"그럼, 없단 말인가?"

"제각각 필요한 크기로 만들어 쓰고 있습니다. 그래도 틀의 크기가 있기 때문에 대강은 비슷합니다."

"참으로 한심한지고. 박지원이 열하일기에서 지적한 것이 언제인데, 사대부들은 도대체 뭐하고 있는지?"

개탄하던 병호가 홍순겸에게 공연히 화를 냈다.

"적어! 내 기억이 정확한지 모르겠으나, 길이 7.5치(227㎜), 너비 3.6치(109㎜), 두께 2.0치(60㎜)."

한 번 작품에서 다뤄 본 재래식 벽돌의 규격을 어렵게 기억해 내고 병호가 자리에서 일어나며 말했다.

"벽돌 크기마저 알려줬으니 그릴 필요성이 없어졌네. 자, 우도공은 원로에 고생이 많았을 테니 푹 쉬고 있게."

"어디 가시게요?"

홍순겸의 물음에 병호가 즉답했다.

"추사를 한번 찾아뵈려고."

"그곳은 왜……?"

"너무 많이 알려고 해도 다쳐. 하하하……! 험, 그건 농담이고… 함께 가세."

"소인도요?"

"물론. 자네가 신치도 어전을 교섭할 때 자네가 월성위궁을 찾지 않았던가?"

"물론 그랬습죠."

"그러니 안면이 있는 홍 부장이 앞장을 서야지."

"부장?"

갸우뚱하는 홍순겸을 모른 척하고 병호는 그와 함께 방을 나왔다. 병호는 홍순겸을 조양물산의 자재부장으로 내정하고 있었다. 아무튼 두 사람이 밖으로 나오니, 아직도 전에 자신이 살던 집을 수리를 하느라 그 소음이 이곳까지 들려왔다.

그의 긴급 지시로 내부 담은 터, 지금은 김유근의 집까지 쪽문으로 다닐 수 있지만, 전의 집은 한동안 수리를 계속해야 될 것 같았다.

이런 저런 생각을 하며 병호가 화원들을 기다리고 있으니, 큰 함지박을 머리에 인 점순이 얼굴을 붉히며 지나가려 하고 있었다.

이에 병호가 그녀에게 물었다.

"화원의 식사가 끝난 것인가?"

"네, 도련님!"

"신혼 재미가 어때?"

"몰라요!"

병호의 짓궂은 농담에 점순이 더욱 붉어진 얼굴로 쏜살같이 달아났다. 그리고 잠시 기다리고 있으니 장쇠까지 다섯이 나타났다.

"장쇠야!"

"네, 도련님!"

"방 안에 들어가 계영배 각각 한 개씩 챙겨와."

"계영배가 뭡니까?"

그와 입씨름하기 싫어 병호는 홍순겸에게 지시를 했다.

"홍 부장, 계영배 각각 한 개씩 챙겨주시게."

"네, 저가!"

곧 홍순겸이 방으로 들어가 설백, 청자 계영배를 양손에 각
각 하나씩 들고 나왔다.

"이런, 이런, 내 정신 좀 봐! 남에게 선물할 것을 이렇게
손에 들고 갈 수는 없잖아. 장쇠야 그걸 예쁘게 포장 좀 해
와."

"네, 도련님!"

곧 그가 점순이 있는 곳으로 사라지자 병호는 세 화원에게
차례로 눈길을 주고 말했다.

"내 너희들을 처음 만났을 때 추사 대감께 강평받을 기회
를 준다고 했지?"

"네, 나리!"

"오늘이 바로 그날이다."

"우와! 신난다!"

막내 유재소가 기뻐 껑충껑충 뛰는데 반해 벌써 어른이 다

된 듯한 모습의 재룡이 병호에게 물었다.

"그래서 각기 잘 그린 그림을 가져오라 하신 거군요."

"그래! 마침, 여기 계신 북산께서 추사 대감의 제자라니 잘 됐지 않은가?"

"소인은 감히 스승님께 청을 넣을 수가 없습니다. 너무 어려워서."

"그 부탁은 내가 할 테니, 북산은 그 집까지 안내나 잘하시게."

"네."

머지않아 장쇠가 노란 보자기에 계영배를 싸오자, 안전한지 확인을 한 병호가 외쳤다.

"갑시다!"

그의 말에 신용석과 강철중이 앞뒤로 나뉘어 일행을 호위하기 시작했다.

곧 일행은 한 무리가 되어 추사(秋史) 김정희(金正喜)가 살고 있는 월성위궁(月城尉宮)으로 향했다.

추사가 월성위궁에 살게 된 내력은 이러했다. 추사의 증조부 김한신(金漢藎)이 영조의 둘째 딸 화순옹주(和順翁主)와 혼인하니, 영조가 김한신에게 '월성위(月城尉)'라는 작호를 내리고, 지금의 터에 큰 저택을 지어 살게 하며 '월성위궁'이라고 불렀다.

추사는 김한신의 장손 김노영(金魯敬)에게 양자로 들어가 대를 이었는데, 12세 때 할아버지 김이주(金頤柱)가 세상을 떠나고, 이어 양아버지마저 세상을 떠나자 월성위궁의 주인 노릇을 하게 되었던 것이다.

아무튼 병호 일행이 인왕산 건너편 의통방(義通坊)에 위치한 월성위궁에 도착한 것은 사시 무렵이었다. 청지기의 안내로 집 안으로 들어선 병호가 30년 수령의 백송을 유심히 바라보며 지체하자, 사전 각본대로 홍순겸이 김정희를 뵈러 먼저 방안으로 들어갔다.

그러자 병호도 슬그머니 그의 뒤를 따라 넓은 사랑채로 들어갔고 나머지는 밖에서 기다렸다. 아무튼 병호가 방안으로 들어가 보니 마침 추사는 여러 제자 및 친구와 한 폭의 산수도를 감상하고 있는 중이었다. 그런 그가 제자 이한철(李漢喆)을 바라보며 그림을 평했다.

"비록 출진(出塵)의 상(想)이 모자라나 선명하여 풍치가 있고, 묵법(墨法)이 제법 몸에 익었음이야!"

그의 평에 친구 권돈인(權敦仁)이 제일 먼저 고개를 끄덕이고, 둘러앉았던 제자 조희룡(趙熙龍), 허유(許維), 이상적(李尙迪) 또한 고개를 끄덕이며 다시 한 번 산수도를 열심히 감상하고 있었다.

이때 이미 무릎을 꿇고 있던 홍순겸이 주위를 환기시킬 목적인지 조금은 큰 목소리로 고했다.

"대감님, 저 신치도 어전(漁箭)을 살 때 한 번 뵈온 적이 있는데, 소인 놈을 기억하시겠습니까?"

"음……!"

그제야 그림에서 시선을 뗀 추사가 아무런 감정이 실려 있지 않은 무미건조한 눈으로 홍순겸을 물끄러미 바라보며 답했다.

"기억을 하고 있으니 자네를 들였지. 그래, 청지기의 말로는 긴히 상의할 게 있다고 하던데……?"

"네. 대감님! 그 사람은 소인 놈이 아닌 바로 소주인인 우리 도련님입니다요."

그제야 추사의 시선이 병호에게로 향했다. 때는 이때다 싶어 병호 역시 얼른 부복해 고했다.

"강경 객주의 사위이자, 안동 김문의 김병호가 대감님을 뵈오이다."

"뭐라고? 안동 김문?"

"네, 대감님!"

"당장 썩 꺼져!"

"왜 이리 화를 내십니까?"

"몰라서 물어? 자네 가문에서 우리 가문을 어찌 대했는지?"

"글쎄요……?"

"선친께서 안동 김문의 모략으로 돌아가신 것을 자네는 정녕 모른단 말인가?"

"시생은 나이가 어려서……!"

"험, 험……!"

병호의 일리 있는 말에 추사는 헛기침만 연신 해댔다.

여기서 추사가 말한 선친 즉 생부 김노경에 죽음에 이르게 한 사건의 전말은 이러 했다. 순조30(1830)년 부사과(副司果: 5위(衛)에 두었던 종6품 무관직) 윤상도(尹尙度)가 호조판서 박종훈(朴宗薰)과 전에 유수를 지낸 신위(申緯), 그리고 어영대장 유상량(柳相亮) 등을 탐관오리로 탄핵하다가, 군신 사이를 이간시킨다는 이유로 왕의 미움을 사서 추자도(楸子島)에 유배되어 위리안치 당했다.

그런데 이때 지돈녕부사로 재직 중이던 생부 김노경(金魯敬)이 김로(金鏴), 홍기섭(洪起燮) 등과 같이 중직에 있으면서, 이 사건을 제대로 밝히지 않았다는 이유로 삼사와 의정부의 탄핵을 받아, 강진현의 고금도(古今島)에 위리안치(圍籬安置)되었다가, 1833년에 귀양에서 풀려났으나 4년 후 졸한 사건을 말하는 것이다.

아무튼 병호의 나이를 감안하지 않고 말을 했다가 무안해진 추사가 연신 헛기침만 하고 있자 병호가 재빨리 말했다.

"시생은 시, 서, 화 삼절로 조선의 으뜸이고, 당대 제일 석학이신 대감님께 청자를 재현했기에 그 진위 여부 및 감평(鑑評)을 받으러 왔다가 그만……."

"뭐라고? 청자를 재현했다고?"

"네, 그렇습니다."

너무나 놀라운 일인지 자리에서 벌떡 일어났다가 제자들이 보는 앞이라 너무 체통 없음을 인지했는지, 다시 그가 무안한 얼굴로 앉자 병호가 얼른 자리에서 일어나 문으로 갔다. 그리고 문을 열어주며 말했다.

"들어들 오시게."

이에 밖에 대기하고 있던 김수철을 비롯한 전재룡 등 미완의 대기(大器)들이 일시에 방 안으로 발을 들여놓았다. 여기에 장쇠마저 계영배를 든 보자기를 들고 들어오자, 이를 본 추사의 표정이 뜨악해졌다.

말은 안 해도 '저것들은 뭔데 때로 몰려다니는가?'라는 표정이었다. 그런 그를 향해 김수철이 얼른 무릎 꿇고 큰절을 올리며 말했다.

"스승님, 못난 제자 놈도 왔습니다요."

"아니, 자네는 왔으면 들어올 것이지, 밖에서 왜 그러고 서 있었나?"

"염치없는 일이 있어서……."

"그건 시생이 말씀드릴 테니, 우선 이 청자 계영배부터 감평을 좀 해주시죠."

"계영배?"

추사가 또 다른 의문을 표시하거나 말거나 병호는 얼른 보자기를 풀어 설백, 청자 계영배 두 점을 꺼내 조심스럽게 추사에게 건넸다. 이를 말없이 받아 차례로 한참을 감상하던 추사가 찬탄을 쏟아냈다.

"실로 청자가 틀림없구나! 이 설백의 향연은 또 어떻고? 참으로 놀라운 일이로고. 오래 살다 보니 세상에 이런 즐거울 때가 다 있어! 하하하……!"

추사가 갑자기 홍소를 터뜨리며 눈물마저 찔끔거리자 병호가 오히려 더 놀라 입이 해연히 벌어졌다.

'아, 이것이 예술인과 범인과의 차이인가!'

스스로 생각하며 병호가 추사가 깨어나길 기다렸다 물었다.

"진짜 청자를 재현한 것입니까?"

"자네는 눈도 없어!"

그의 책망에 무안해진 병호가 서둘러 말했다.

"그것이 계영배라 하는데 시현을 해보심이 어떻겠사옵니까?"

"그렇지, 계영배라 했지. 청자의 재현에 이 또한 놀라운 사실을 잊고 있었군."

여기서 일단 말을 끊은 추사가 본격적으로 계영배에 얽힌

이야기를 할 셈인지 탐스러운 반백의 수염을 쓸며 생각을 정리했다.

"이 계영배(戒盈杯)로 말할 것 같으면, 과음을 경계하기 위해 만드는 잔으로, 절주배(節酒杯)라고도 하네. 술잔의 이름은 문자 그대로 '넘침을 경계하는 잔'이라는 뜻이며, 잔의 7할 이상 술을 채우면 모두 밑으로 흘러내려 인간의 끝없는 욕심을 경계해야 한다는 상징적인 의미도 지니고 있지. 고대 중국에서 과욕을 경계하기 위해 하늘에 정성을 드리며 비밀리에 만들어졌던 '의기(儀器)'에서 유래되었다고 하네. 자료에 의하면 공자(孔子)가 제(齊)나라 환공(桓公)의 사당을 찾았을 때 생전의 환공이 늘 곁에 두고 보면서, 스스로의 과욕을 경계하기 위해 사용했던 '의기'를 보았다고 하네. 이 의기에는 밑에 구멍이 분명히 뚫려 있는데도 물이나 술을 어느 정도 부어도 전혀 새지 않다가 7할 이상 채우게 되면, 밑구멍으로 새어나가게 되어 있었다고 하네. 환공은 이를 늘 곁에 두고 보는 그릇이라 하여 '유좌지기(宥坐之器)'라 불렀고, 공자도 이를 본받아 항상 곁에 두고 스스로를 가다듬으며 과욕과 지나침을 경계했다고 하는데, 이것이 어떻게 된 일인지 그 이후로 제작이 끊겼다가, 누천년이 지난 오늘날에서야 동방의 작은 나라에서 재현이 되었다니, 이 어찌 기쁘지 아니한가!"

추사의 장광설에 병호가 하품을 간신히 참고 있는데 그가 크게 외쳤다.

"이 어찌 시험을 해보지 않을 손가! 어서 술을 들여라!"

"네, 대감님!"

문 밖에 대기하고 있던 청지기가 주인의 호통에 놀라 한걸음에 내딛고 병호는 막간을 이용해 그에게 말했다.

"그림에 대해 전혀 모르는 문외한(門外漢)이 보아서 그런지 몰라도, 이 세 아이들의 그림 역시 뛰어난 것 같은데, 대감님께서 잠시 짬을 내어 한 수 가르침을 주시면 안 되겠습니까?"

"하하하……! 오늘 생애 최고의 기쁨을 두 번씩이나 누렸는데 그게 대순가? 어디 가져와 보시게. 그 전에 이 놀라운 청자, 설백 계영배를 만든 도공은 어디 있는가? 내 그를 먼저 만나보고 싶네."

"그게……!"

이런 예측을 했어야 했는데 자신의 불찰이란 판단한 병호가 서둘러 변명을 했다. 아니 거짓말을 했다.

"그것이, 더 좋은 작품을 만들어 보겠다고 다시 강진을 내려갔사옵니다."

"허허, 이런 안타까운 일이 있나! 내 진즉 이를 보았으면 곁에 꼭 붙들어두고 여러 이야기를 들었을 것을."

"다음에 그가 한양에 올라오면 꼭 데리고 대감님께 보이도록 하겠사옵니다."

"그래, 그렇게 하도록 하고. 어디 그림이나 내놔봐!"

"네, 대감님!"

그제야 병호가 돌아보며 눈짓을 하자, 세 아이들이 자신의 그림을 들고 일제히 일어나 추사 곁으로 쪼르르 달려갔다. 세 명을 넉넉한 웃음으로 바라보던 추사가 가장 먼저 재룡이 그린 산수화를 들고 감상을 하기 시작했다.

그런데 그 시간이 뜨거운 차 한 잔 마실 시간이 지났음에도 손에서 놓지 않고 있었다. 이에 지루해진 병호가 발을 꼼지락거리고 있는데 그러고도 한참만에야 그림을 내려놓은 추사가 침음했다.

"흐흠……! 이 산수화는 쓸쓸하면서도 조용하고 간결하면서 담백하지만, 사의적(寫意的: 사물의 형태보다는 그 내용이나 정신을 치중하여 그리는 것)인 문인화의 경지를 가장 잘 이해하고 구사하고 있고만. 실로 대단해! 혹시 자네 원대(元代)의 회화를 배웠나?"

추사의 질문에 전재룡이 공손히 대답했다.

"여기 계신 북산 선생께 간혹 지도를 받았지만 전문적으로 지도를 받은 적은 없사옵니다."

"헌데 어찌 원인(元人)의 신묘한 경지에 도달할 수 있지? 실로 알 수 없는 일이지만, 내 장담하건데 이 아이가 좀 더 성장한다면, 이 아이의 시화는 당세에 짝이 없을 뿐 아니라, 상하

100년을 두고 논할 만한 사람이 없을 것 같네!"

"정말 그 정도로 대단합니까? 스승님!"

"암, 대단하고말고!"

조희룡의 물음에 추사가 망설임 없이 고개를 끄덕이자, 기존 추사와 함께 있던 모든 인물들이 우르르 몰려들어 재룡의 그림을 감상하느라 분답했다.

전재룡의 산수화를 감상하고 있는 사람들 중 추사의 친구인 권돈인을 제외한 조희룡, 허유, 이상적, 이한철 중, 조희룡(趙熙龍)은 추사의 맏제자 격으로 금년 51세였다.

그는 금년 54세인 추사와 불과 세 살 차이지만 추사를 스승으로 깍듯이 예우했다. 그는 1813년에 식년문과(式年文科)에 병과(丙科)로 급제한 후 여러 벼슬을 거쳐 오위장(五衛將)을 지낸 인물이었다.

또 그는 시, 서, 화에 모두 뛰어난 재주를 보였는데, 글씨는 추사체(秋史體)를 본받았고, 그림은 난초와 매화를 특히 많이 그렸다. 난초 역시 추사의 묵란화(墨蘭畫)의 정신을 본받아 그렸다. 원 역사에서 유작 중 가장 많은 수가 매화일 정도로 특히 매화를 사랑한 문인이었다.

아무튼 네 사람이 정신없이 재룡의 산수화에 빠져 있는데 추사는 다음으로 유숙(劉淑)의 산수화를 감상하기 시작했다. 그의 그림을 감상하는데도 추사는 한참의 시간을 할애했다.

그런 그가 너털웃음을 지으며 말했다.

"허허, 이거야 원, 오늘은 왜 이렇게 놀랄 일이 많은지. 이 아이의 그림 역시 놀랍네! 필치에 속기(俗氣)는 없으나 다만 적윤(積潤)의 의(意)가 좀 모자란 게 아쉽네."

비교적 호평은 받은 유숙 또한 한 시대를 풍미했던 유명한 화원이었다. 산수화와 함께 영모(翎毛), 도석인물(道釋人物), 풍속 등에도 능하였으며, 특히 풍속화는 그를 고비로 유행의 막을 내리게 된다.

씨름하는 장면을 소재로 다룬 '대쾌도(大快圖)'는 김홍도 화풍의 여운을 남기면서 조선 후기에 풍미하였던 풍속화 유행의 말미를 장식하고 있는 것이다. 아무튼 추사의 상찬에 이번에는 다중의 인물이 유숙의 그림으로 달려드는데, 추사는 이번에는 막내 유재소(劉在韶)의 그림으로 시선을 옮겼다.

유재소의 그림에도 한참 시선을 주었던 추사가 이번에는 좀 아쉬운지 입맛을 쩍쩍 다시며 말했다.

"아직 나이가 어려서인지 원인(元人)의 필의(筆意)는 있으나, 간고정엄(簡古精嚴)할 곳에 힘을 주지 못하였네. 이는 기법(奇法)을 먼저 하고 정격(正格)을 소홀히 하였기 때문이라고 생각하는데, 자네의 생각은 어떤가?"

"아직은 뭐가 뭔지 잘 모르겠사옵니다."

"하하하……! 당연하지. 좀 더 정진하면 훌륭한 화원이 될 수 있을 게야!"

"감읍하옵니다. 대감님!"

유재소에게서 시선을 거둔 추사가 누구를 지칭하지 않고 물었다.

"자, 그림 감상은 그만하고… 술 들어왔나?"

"식초가 되겠습니다. 대감님!"

병호의 건방진 말에도 추사는 기분이 좋은지 껄껄껄 웃으며 손짓으로 주안상을 자신의 앞으로 가져오도록 지시했다. 그러자 장쇠가 얼른 일어나 문 앞에 놓여 있던 술상을 그의 앞에 갖다놓았다.

"자, 그럼, 어디 시험 한번 해볼까?"

말과 함께 추사가 청자 계영배를 들자 조희룡이 얼른 술병을 들어 조심스럽게 따르기 시작했다. 그리고 얼마 안 있어 칠 부쯤 따랐을 때였다.

"계속 더 따라!"

추사의 호령에 조희룡이 계속 술을 치자 술은 더 이상 높이를 더 하지 않고 바로 어느 곳으로 새는지 모르게 새더니, 모두 잔 받침대에 고이기 시작했다. 이를 본 추사가 대소를 터뜨리며 감탄했다.

"하하하……! 정말 계영배로구나! 하하하……! 틀림없는 계영배야! 하하하……!"

그의 웃음이 채 멎기도 전이었다. 그는 급히 잔 받침대에 고인 술을 꿀꺽꿀꺽 마시기 시작했다. 그리고 마침내 술잔이 다 비자 대소와 함께 말했다.

"하하하……! 근세 누가 있어 이런 '의기(儀器)'에 술을 담아 마셨겠나? 작법이 단절된 지 누천년. 참으로 광영의 술을 어찌 한 방울이라도 흘릴 소냐! 하하하……!"

"근래 스승님이 이렇게 기뻐하시는 모습은 처음 뵙는 것 같습니다."

"그렇지?"

제자 이한철의 말에도 넉넉한 웃음으로 화답한 추사가 다시 잔을 내밀며 말했다.

"자, 이번에는 제대로 한번 따라봐라!"

"네, 스승님!"

스승님께 잔을 올리는 것이 영광인지 이번에는 소치(小痴) 허유가 끼어들어 정성스럽게 잔을 쳤다. 이윽고 잔이 칠 부쯤에 이르자 허유가 술병을 주안상에 올려놓았고, 추사는 잔을 들어 음미하듯 아주 천천히 감질나게 마셨다.

자신의 주법과는 정반대인 추사의 마시는 모습이 답답한지 병호가 다시 안보이게 발을 꼼지락거리는데, 마침내 잔을 다 비운 그가 맞은편에 앉아 있던 병호에게 불쑥 잔을 내밀며 말했다.

"오늘 어린 친구로 인해 내가 생애 세 번씩이나 놀라운 경험을 했네, 참으로 친구의 재주가 신묘하네. 그런 의미에서 내 술 한잔 받게."

"감사합니다. 대감님!"

병호가 급히 답하고 잔을 받아 두 손을 높이 받들어 올리자 추사가 손수 술병을 잡고 술을 쳐주었다. 이에 돌아서서 급히 한 잔을 비우고 잔을 다시 주안상에 올려놓자 추사가 한마디했다.

"참으로 술도 멋대가리 없이 마시네. 누가 쫓아오나?"

"마음이 급하옵니다."

"왜?"

"꼭 드릴 말씀이 있는데 아직 그 이야기는 한마디도 못 꺼냈으니까요."

"그래? 지금이라도 해봐."

"네… 저, 고본계 하나를 결성하려고 합니다."

"갑자기 그게 무슨 소리야? 아닌 밤중에 홍두깨도 아니고."

"오늘 이 자리가 얼마나 훈훈하고 보기도 좋습니까? 많은 문인 화원들이 둘러앉아 서로의 작품 세계를 평해주고 격려해 주는 자리를 시생은 더 많은 사람들에게 문호를 개방하고 싶사옵니다."

"허허, 아직도 변죽만 울리고 있지 않은가?"

"혹시 인왕산에 행궁을 건립해 왕실에 헌상하겠다는 소식은 접하셨는지요?"

"물론 들어 알고 있네. 그게 자네와 무슨 상관인데?"

"그 주재자가 시생입니다."

"엉?"

병호의 나이 어려 아직은 미심쩍었던 추사의 표정이 복잡미묘해졌다. 이런 그의 표정과는 아랑곳없이 병호가 말했다.

"행궁 외에 시생이 분명히 말씀드렸습니다. 우리나라 사대부들이 휴식을 취할 공간도 조성하겠노라고. 그 공간 안에는 여기 계신 화원들과 같이 훌륭한 분들의 작품을 상시 전시할 공간도 마련하려고 합니다. 하면 수시로 조선의 사대부들이 감상할 수 있음은 물론, 사가기도 할 것입니다. 그러면 생활형편상 작품에 전념하지 못했던 많은 시인이나 명필, 화원들이, 작품에만 더 전념할 수 있어 그들에게는 분명 새로운 세상이 열릴 것입니다."

"허허, 참으로 좋은 뜻이네만, 좀 더 구체적으로 말씀해 보시게."

"허나 안타깝게도 행궁과 무릉도원의 별세계를 짓는 일에는 많은 돈이 필요합니다. 따라서 재물 있는 집안에서 십시일반으로 찬조하여 주신다면, 그곳에서 나오는 이익금으로 원하면 원금까지 변재해 줄 수 있고, 아니면 배당금만 매년 받아

가서도 됩니다."

"그렇게 잘될 것이라고 보는가?"

"물론입니다. 그 별원에는 시서화만 있는 것이 아닙니다. 소주방 출신의 조선 최고의 숙수들이 만든 천하의 별미에, 조선 최고의 기생들이 시중을 들 것이며, 원하시면 음주가무도 가능합니다. 단 기생들과의 신체적 접촉을 절대 허용되지 않습니다. 그러니까 기존 조선에는 없는 지상 최고의 향연의 자리가 마련되니, 이 어찌 돈이 안 벌리겠사옵니까?"

병호가 말을 하는 중에도 대부분의 사람들이 벌써부터 목젖이 꿈틀거리는데 추사만은 아직 현실에 머물러 있어 물었다.

"굉장히 비싸겠군."

"물론입니다. 천금을 갖지 않고서 입장했다가는 아마 망신을 톡톡히 당할 것입니다. 하지만 우리 예인들의 공간은 별도로 조성하려 합니다. 향연장과는 거리를 조금 두겠다는 말입니다. 그리고 이곳만은 보다 저렴하게 운영하여 예술은 사랑하나 천금을 희롱할 수 없는 분들에게도 문호를 개방하려고 합니다."

"허허, 취지는 좋은데 자네가 말한 십시일반이라는 것이 얼마를 이야기하는 것인가?"

"1좌당 10만 냥입니다."

"뭐라고?"

추사가 얼마나 놀랐는지 자신도 모르게 뒤로 물러나 있었다. 뿐만 아니라 좌중의 사람 모두 놀라 입을 쩍 벌린 채 다물 줄을 모르고 있었다.

"자네 지금 나랑 장난하나?"

"그러니까 가문당 배정한 액수입니다. 이를 한 집안 개인이 부담하기에는 좀 부담이 되니, 예를 들면 대감님과 같은 경주 김문에서 10만 냥, 풍산 조씨 집안에서도 십만 냥, 풍산 홍씨, 반남 박씨 가문에서도 각각 10만 냥, 이런 식으로 하되, 물론 우리 안동 김문에서도 낼 것이고요."

"자네 집안과는 정적이라 할 수 있는 풍양 조씨 가문도 배려를 한다는 말인가?"

"그래야 한자리에 어우러져 탕평이 되고, 조선의 국운도 융성해지지 않겠습니까?"

"하하하, 절묘하네, 절묘해! 하하하……!"

이때 초를 치는 인물이 있었다. 권돈인이었다.

"과연 그렇게 될까?"

"스치다 보면 술김에 한데 어우러질 수도 있는 것이죠."

"아무튼 모든 걸 떠나 우리 예인들의 장소를 그렇게 만들어 준다니, 나는 절대 찬성일세. 하니 경주 김문에 대해서는 걱정 마시게. 또 금석학의 교류로 나와 친분이 두터운 조인영의 가문도 내가 책임짐세."

"스승님!"

술도 취하지 않은 스승이 너무 앞서 나가며 장담을 하자 걱정이 된 맏제자 조희룡이 경각심을 일깨우기 위해서인지 조용히 불렀다. 그러나 호기 만장한 추사는 그냥 물러서지 않았다.

"저 아이들의 눈망울을 보고 나를 부르시게."

김정희는 말을 하며 병호가 데리고 간 세 어린 화원은 물론 자신의 뒤에 병풍처럼 두르고 있는 제자들 역시 손가락으로 가리켰다. 이에 사제들의 간절함을 본 조희룡도 더 이상입을 열지 않고 좌중은 갑자기 정적이 찾아들었다.

이에 소기의 목적을 달성한 병호가 자리에서 반쯤 일어나며 말했다.

"시생은 이만 물러가는 것이 좋겠사옵니다."

"가긴 어딜 가?"

버럭 소리를 지른 추사가 다시 한 번 소리쳤다.

"자, 이제부터 우리 본격적인 예인들의 자리를 마련해 봄세. 한 사람 앞에 한 상씩 주안상 들이라고 해."

이정도 되면 밖의 하인이 대답을 해야 하나 아무런 기척이 없자, 기존 모인 제자 중에는 가장 나이가 어린 이한철이 벌떡 일어나 방 밖으로 나갔다. 그런데 이때 지금까지 자리에 있는지 없는지 존재감을 보이지 않던, 이상적(李尙迪)이 자리에서 조용히 일어나 병호에게 접근하더니 낮은 목소리로 말했다.

"나 좀 봅시다."

'이 사람은 또 뭐야?'

내심 의아심을 금치 못하면서도 병호는 그를 따라 방 밖으로 향했다.

곧 방을 나와 방과 조금 거리를 둔 이상적이 돌아서서 자신의 소개부터 했다.

"난 역관 출신 우선(藕船), 이상적이라 하오. 아시다시피 중인이니 말을 놓아도 좋습니다."

"연배가 있으니 서로 공경하는 게 맞을 것 같습니다."

참고로 이상적은 금년 36세였다. 아무튼 오늘 병호는 갑자기 여느 날과 다른 태도를 취한 것이다. 그는 내심 장래를 위해 역관의 필요성을 절실히 느끼고 있었기 때문에 물실호기로 생각한 것이다.

어찌되었든 병호가 그에 이어 자신을 소개했다.

"나는 김병호라 하고, 김좌근 영감이 9촌 아저씨뻘이 되오."

"내 짐작대로 역시 선비께서 안동 김문에 나타난 신성이구료."

"그대도 내 소문을 들은 모양이오."

"그렇습니다. 상재가 비상하다고."

"다 좋소. 나를 보자고 한 목적은?"

"우리 역관들은 한 자리 낄 수 없는 것이오?"

"돈이 많으면 스승님께 부탁해, 단 돈 만 냥이라도 집어넣으면 될 것 아니오?"

"그렇게는 싫고. 다른 사업적 구상은 없소?"

"왜 없겠소?"

병호의 자신만만한 대답에 이상적의 표정이 확 펴졌으나, 신속히 표정을 갈무리하고 가련한 표정으로 말했다.

"아시다시피 우리 역관도 예전 같지가 않소. 연경을 다녀와도 벌이가 전만 못하고……."

그의 말에 병호는 계속 그를 떠보기 위해 질문을 던졌다.

"벌어놓은 돈이 있으면 이자놀이라도 하면 되잖소?"

"그건 아무나 합니까? 떼일 가능성이 높으니 보다 안전하게 굴릴 수 있는 방법을 모색하는 것이죠."

"그렇다면 좋습니다. 나만 믿고 따라오시오."

"어느 사업입니까? 정말 괜찮은 사업이다 싶으면 같은 역관직에 종사하는 응현(膺賢) 아우나 의관 이기복(李基福) 등, 내 열 명은 소개할 수 있소."

"좋소! 내 조만간 구체적인 계획을 말할 테니, 친구분들이랑 시간 내어 함께 찾아오도록 하세요."

"고맙소이다."

새삼스럽게 병호의 손을 맞잡고 흔드는 바람에 병호는 빙 굿 미소를 짓고 턱짓을 했다.

"이만 들어갑시다. 우리가 무슨 작당 모의라도 하는 줄 알 겠소."

"아무려면 어떻소? 그렇게 생각할 분도 아니고."

말을 하며 앞장서는 이상적의 발걸음이 오늘따라 유난히 가 벼워 보였다.

둘이 방으로 돌아와 잠시 기다리니 그제야 사람 수대로 주 안상이 줄줄이 나왔다. 매번 볼 때마다 느끼는 것이지만 상차 림을 하는 사람은 전혀 고려치 않은 피곤한 주류 식사 문화였 다.

곧 추사의 주도로 떠들썩한 가운데 술잔이 돌기 시작했다. 이렇게 다섯 잔을 마시니 모두 혈색들이 몰라보게 좋아졌다. 개중에는 오히려 창백해지는 사람도 있었다.

아무튼 병호가 보기에 추사의 혈색도 붉은 것이 술이 오르 는 것 같고 못지않게 기분도 좋아 보여 말했다.

"오늘 시생이 가져온 청자, 설백 계영배를 선물로 드리고 가 겠습니다."

"정말인가?"

"네."

"이 귀한 걸 내가 받아도 될는지 모르겠네."

처음 반색한 것과 달리 한 발 빼는 추사를 향해 병호가 말했다.

"선비는 그 알아주는 사람을 위해 죽는다 했습니다. 이 귀물 역시 마찬가지입니다. 그 가치를 알고 소중히 여길 줄 아는 분에게 제일 먼저 드리는 것이 옳다고 생각되어 가져왔습니다."

"참으로 고마우이. 내가 뭐 해줄 건 없고, 자네가 데리고 있는 아이들이 언제든 한 수 지도를 원한다면 가르쳐 주고, 우리 집에 드나드는 예인들도 수시로 들러 세 아이를 지도케 하도록 하겠네, 이로써 자네와의 교분 또한 도타워진다면 이 아니 좋은 일인가!"

"고맙사옵니다. 대감님!"

"자, 곧 중참 때도 되었으니 술은 이쯤하고 아예 식사도 하고 가시게."

"말씀은 고마우나 선약이 있사옵니다. 대감님의 훌륭한 가르침을 받다 보니 시간 가는 줄 몰라 지금도 많이 지체되었습니다. 하여 먼저 일어나는 것을 용서하십시오."

"허허, 그런 일이 있다면 의당 일어나야지 어쩌겠나. 오늘만 날인 것도 아니고. 자, 그럼 어서 일어나 약속을 지키러 가고, 우리 가문과 풍양 조씨 가문의 고본에 대해서는 걱정 마시게."

"고맙습니다. 대감님!"

말과 함께 자리에 일어나 꾸벅 예를 표한 병호는 그 길로 추사 이하 제자들의 전송을 받으며 대문을 나섰다.

돌아가는 길이었다. 김수철도 병호의 일행에 합류한 가운데, 가는 내내 재룡이 싱글거리고 있어 병호가 그에게 물었다.

"뭐 좋은 일이 있어 계속 싱글벙글이냐?"

"잠시 나리께서 밖으로 나가셨을 때 대감님께서 소인의 호도 정해주셨습니다. 고람(古藍)이리고. 또 이름도 재룡 대신 옥 이름 기(琦)로 바꾸는 게 좋다하셔서 그렇게 정했으니, 앞으로는 '기(琦)'로 불러주세요?"

"알았다. 그렇게 불러주마."

*　　　　*　　　　*

다음 날.

병호는 아침 일찍 행궁과 요정 지을 곳을 확정하기 위해 관계된 인원을 데리고 집을 나섰다.

집을 나서 바라보는 남산(南山)은 언제나 병호의 눈살을 찌푸리게 하고 있었다. 근래 들어 온돌이 급속히 보급되는 바람에 가는 곳마다 낮은 곳은 모두 민둥산이었다.

남산도 예외가 아니어서 산 중턱까지는 그대로 벌거숭이산
이었고 그나마 제대로 나무가 있는 곳은 산꼭대기뿐이었다.
그런 까닭에 풍광 좋은 곳을 찾는 병호에게 있어서 남산은 아
예 제외되었다.

그러고 나서 한양을 둘러보니 그나마 나무가 온전한 곳은
경복궁 바로 뒤쪽인 북악산과 서북쪽에 위치한 인왕산뿐이었
다. 이곳은 왕궁과 가까운 관계로 단속이 심했고, 그만큼 남
벌이 덜 되어 있어 그래도 산림이 우거졌다.

이런저런 생각을 하며 일행을 재촉한 병호가 인왕산 초입에
도착한 것은 그로부터 반 시진 후였다. 맑은 물이 흐르는 계
곡을 따라 걷다 보니 좌우에 유난히 진달래나무가 많았다.

그러나 철이 조금 일러 만개한 것을 보지 못했지만, 간혹 양
지쪽으로 철모르는 놈들은 꽃망울을 맺고 있는 놈도 있어 병
호를 미소 짓게 했다. 아무튼 그렇게 한참을 계곡을 따라 걷
던 병호는 5부 능선쯤에서 이번에는 우측으로 꺾어 주변 일대
를 훑고 내려왔다.

그리고 다시 저지대까지 내려오자 이번에는 다시 좌측 계
곡을 탐방했다. 와중에 수목이 우거지고 곳곳에 약수와 누대
가 있는 것을 구경하고 있노라니 속세의 근심을 잊을 듯해 좋
았다.

아무튼 부근 일대를 한 바퀴 돌아본 병호는 다시 밑으로

내려오며 곳곳을 손가락질하며 지시하기 시작했다.

"저 경치 좋은 곳에는 팔각 정자, 저쪽은 누대, 저쪽도 정자를 하나 지으면 좋겠네."

이런 식으로 죽 경치 좋은 곳에 건물 잡을 위치를 선정해 주던 경호가 최종 자리 잡은 곳은 초입의 제법 평탄 지역이었다.

"이곳에 본 건물을 짓되 이층으로 하고 지붕은 청기와를 올리는 것으로. 또 본 건물의 뼈대는 붉은 벽돌로 외부 마감을 하되, 창은 유리창으로 하고. 그 크기는……."

이런 식으로 요정의 건물을 상세하게 묘사한 병호는 조금 더 내려와 전시관 및 여타 시설의 위치와 건물 양식까지 세세하게 알려주었다. 그런 병호는 다시 계곡 우측으로 가 행궁의 위치 및 크기 건물 모습 등을 세세하게 설명하고, 정자 및 여타 부속 건물까지 그 위치 및 건물 형상을 눈으로 보는 듯 자세하게 묘사했다.

이렇게 병호의 지시가 끝나자 네 사람의 질문이 잇따랐다. 이에 병호는 아주 자세하게 답을 했고, 그래도 이해를 못하는 것은 그림까지 그려주며 설명을 했다. 그리고 끝에 다시 지시를 했다.

"북산과 재소가 좌측 요정 건물을 설경을 배경으로 조감도를 그리고, 우측 행궁 쪽은 전기 아니 고람 네가 숙과 함께 한

여름을 배경으로 내가 설명해 준 그대로 묘사해. 시간은 내일 저녁 먹을 때까지."

"너무 촉박한데요."

북산 김수철의 말에 병호가 웃으며 말했다.

"이거 왜 이러십니까? 추사 대감도 알아주는 재원이."

"그렇지만……."

"분명 하실 수 있을 겁니다."

"알았습니다. 최선을 다해보겠습니다."

"진즉 그렇게 나올 것이지. 하하하……!"

기분 좋게 웃는 병호의 머리에는 어제 밤 그와 나눈 이야기가 떠올랐다.

그는 뚜렷한 직업 없이 오로지 그림을 그린 수입으로만 살아가는 사람이었다. 멋진 진경산수화를 그리기 위해 전국을 떠돌기도 하는 그는 그림이 안 팔릴 때는 한동안 양식이 없어 고초를 겪기도 한다 했다.

그런 그이지만 추사도 그의 그림 솜씨는 높이 사는 관계로 병호는 그에게 한 가지 제의를 했다. 즉 자신의 집을 오가며 자신의 일을 도와주면 충분한 보수를 주고 예술 활동도 보장해 주겠다는 제의를 한 것이다. 이에 그는 두 말 않고 승낙해 오늘도 병호와 함께하게 된 것이다.

아무튼 곧장 집으로 돌아온 병호는 그들이 조감도를 그릴 수 있게 모든 조처를 해주고 자신은 모처럼만에 충분한 휴식을 가졌다.

그리고 이틀이 지난 밤.

병호는 김좌근이 퇴청하길 기다려 그의 집으로 향했다. 그의 옆에는 기존의 수행원 외에도 잠시 집에 다녀오겠다는 김수철을 대신해, 전기가 조감도 두 장을 들고 따르고 있었고, 장쇠와 두 호위 무사는 각각 다른 색깔의 보자기 하나씩을 들고 있었다.

곧 쪽문을 통해 좌근이 거처하는 사랑채에 도착한 병호는 밖에 시립하고 있던 하인에게 일러 자신이 왔음을 좌근에게 통보케 했다. 그러자 곧 좌근의 허락이 떨어졌고 병호가 전기만을 데리고 방안으로 드니 벌써 손님이 한 명 와 있었다. 선객은 병호도 이미 대면한 적이 있는 김병기(金炳冀)였다.

좌근이 그의 칠촌재당숙(七寸再堂叔) 되는 관계였다. 김병기의 나이는 올해 22세였고, 그의 아버지는 김영근(金泳根)이었다. 원 역사에서는 병기가 좌근의 양아들로 입적하게 되는 사이이기도 했다.

아무튼 병호가 그와 첫 대면을 한 것은 그가 김유근을 간호한 지 채 보름밖에 되지 않았을 때였다. 유근의 병문안을 온 그는 성품이 활달한지 서로 소개시키는 사람이 없자, 자신이 먼저 병호에게 말을 걸어 인사를 나누었다.

그리고 그는 보름에 한 번 이상은 김유근의 병문안을 왔다. 그리고 설에 세배하러 왔을 때는 이상하게 그의 태도가 무척 차가웠다. 그리고 오늘 처음 만난 것이다. 어쨌거나 좌근과의 삼자대면은 오늘 처음이었다.

　둘을 번갈아 바라보며 좌근이 양인에게 공히 물었다.

　"서로 안면은 있지?"

　"네!"

　둘이 동시에 대답하자 좌근이 껄껄 웃으며 말했다.

　"앞으로 서로 친밀하게 지내라고. 볼 일이 많을 테니까."

　"알겠습니다."

　"네."

　"내가 왜 그런 말을 하느냐 하면 병기가 염전 개발 고본계의 감사(監査)를 맡게 되었어. 그러니까 당내간의 다섯만큼의 지분을 대표해, 출연(出捐)한 50만 냥이 제대로 쓰이는지 감사하겠다고 병기를 선임해 보냈으니 낸들 어쩌겠나? 허락할 수밖에."

　"알겠습니다."

　"공사는 어떻게 되어가고 있나?"

　"최적의 염전 부지를 찾고 있는 중입니다. 현재 두 곳은 확보했고, 평안도 일대를 살피는 중입니다."

　"그런 일은 자네가 전문이니 자네가 잘 하리라 믿으나, 외부로 대표할 상호 정도는 정해야 하지 않겠나?"

"조양물산(朝陽物産)이라고 정했는데 마음에 드실지 모르겠습니다."

"조양물산?"

"네. 조양(朝陽) 즉 새벽을 밀어내고 찬란하게 떠오르는 아침 햇살처럼 사업이 발전하길 바라는 의미에서 지었습니다."

"괜찮은 것 같네. 이왕 말이 나왔으니 말이지, 사무실도 하나 있어야 하지 않겠어?"

"우선은 제거 거처하는 곳의 손님용 사랑채를 사무실로 쓰도록 하겠습니다."

"그래? 그럼, 당분간은 그렇게 하기로 하고 병기 너도 내일부터는 그 사무실로 출근하도록 해. 하고 병주도 내일부터는 그곳으로 보낼 거야."

"병주는 왜요?"

"하라는 공부는 안 하고 자꾸 밖으로만 나도니 자네가 제대로 가르쳐 사람을 만들던지, 사업에 재능이 있으면 아예 그쪽으로 돌리라는 형님의 말씀이 있었어."

"큰 아저씨께서 그렇게 말씀하셨다면 그렇게 하는 게 예의겠지요."

"그래, 그렇게 하기로 하고 다른 일은 없어?"

"행궁과 요정 건을 의논드리러 왔습니다."

"아, 그래? 병기가 있어도 상관없지?"

"네."

"얘기해 보시게."

"네."

병호가 곧 한쪽에 하릴없이 서 있던 진기에게 지시를 했다.

"아저씨께 조감도 보여드려."

"네!"

씩씩하게 답한 전기가 곧 큰 종이에 정밀하게 채색까지 된 조감도를 펼쳐 보여주었다. 이를 본 좌근의 입에서 곧 찬사가 쏟아져 나왔다.

"우와! 이것은 한 폭의 신선도가 따로 없군. 아니 무릉도원이라야 하나? 그러기에는 또 너무 못 보던 신비적인 요소도 많아, 몽환적이기도 하고. 참으로 이대로 건물이 지어진다면 누구나 한 번쯤은 머무르고 싶은 조선의 제일가는 명소가 되겠어. 정말 이렇게 지을 수 있는 건가?"

"네!"

"좋았어, 아주 좋았어! 하하하……! 역시 자네야! 나를 실망시키지 않아, 아니 그 이상이야!"

그의 어린아이같이 좋아하는 모습을 보며 병호는 곧 요정의 고본에 대한 이야기를 끄집어냈다.

"이 역시 100만 냥을 모집하려는데 이미 세 구좌는 팔아먹었습니다."

"어디 다?"

"경주 김문과 풍양 조씨 일문 그리고 경상입니다."

"뭐라고?"

펄쩍뛰는 좌근에게 병호가 조근조근 설명을 했다.

제3장
만상(灣商)

즉 어떻게 되었든 기생이 있고 술과 음식을 파는 곳이니 여러 사람들의 입방아에 오르내리는 것을 경계하고, 또 그들 문중마저 끌어들여야 더욱 번창할 수 있다는 것. 여타 탕평 및 장인도 자금의 한계가 있고 아저씨도 그렇지 않느냐고 반문했더니, 좌근이 납득은 했으나 썩 유쾌한 표정은 아니었다.

그러나 이와 달리 적극 달려드는 인물이 있었다. 한 옆에서 조감도를 몇 번이고 뚫어지게 바라보고 감탄하며, 둘의 대화를 열심히 경청하던 김병기였다.

"지난번 우리 당내에 배당된 50만 냥이 너무 적어 이를 분배하는데 애를 먹었습니다. 하니 이번 건에는 저희 지분을 좀 많이 배정해 주십시오. 아저씨!"

"흐흠……!"

잠시 생각에 잠겼던 좌근이 말했다.

"좀 전에 병호가 말했듯이 나와 형님은 크게 자금 여력이 없어. 하니 이번에는 나와 형님 합하여 한 구좌만 투자할 생각이야. 그러니 남보다는 당내간이 백번 나으니 이번에는 이쪽을 좀 신경 써주는 게 어떻겠나?"

"세 좌 드리겠습니다."

"왜 그것밖에 배당이 안 되는 거야?"

발끈하는 병기를 향해 병호가 미소 띤 얼굴로 답했다.

"너무 많은 배당은 좀 전에 제가 이야기한 취지에 반합니다. 따라서 세 구좌라 하면 제일 많이 배당된 것입니다. 제가 이야기했듯 경주 김문 등에 이미 세 구좌가 예약이 되어 있고, 여기에 저희 장인이 한 구좌, 그리고 나머지 두 구좌는 반남 박씨, 풍양 홍씨, 동래 정씨 가문 등으로 쪼개려 합니다. 하면 한 구좌 이상의 지분을 가진 가문이 없질 않습니까? 헌데 세 구좌라면 얼마나 많이 배당된 것입니까?"

"끙……!"

나이답지 않게 괴상한 신음을 토하던 병기가 어쩔 수 없다는 투로 말했다.

"정, 그렇다면 할 수 없지."

"미해결 가문에 대해서는 아저씨께 섭외를 부탁드리겠습니다."

"정녕 그렇게까지 해야 되나?"

"장사는 항상 멀리 내다봐야 됩니다."

"정 그렇다면 할 수 없지. 내가 나머지 세 가문은 책임짐세. 그 대신 이 조감도는 이곳에 놓고 갔으면 좋겠네. 그들을 설득하려면 필요해."

"그렇게 하겠습니다만, 외부 유출은 금하셨으면 좋겠습니다. 이것이 밖으로 나돌면 정작 준공이 되었을 때는 그 신비감이 떨어질 테니까요."

"나도 그 정도는 아니 너무 걱정 마시게."

"부탁드리겠습니다."

다시 한 번 좌근에게 정중히 고개를 조아린 병호가 밖을 향해 소릴 질렀다.

"장쇠야, 선물 가져와!"

"네, 도련님!"

곧 문이 열리며 세 개의 보자기가 방안에 놓였다. 이를 본 병기가 눈치껏 말했다.

"소질은 이만 물러가겠습니다. 아저씨!"

"아니, 왜 갑자기? 더 놀다가 가지?"

"아, 아닙니다. 선약이 있어서요."

"그래?"

좌근도 그가 거짓말하는 것은 알았으나 자리를 비켜주려는 의도를 알고 말했다.

"멀리 못 나가네."

"별말씀을."

병기가 곧 문을 열고 나가자 병호는 즉각 전기의 협조하에 각기 다른 색깔의 세 보자기를 조심스럽게 좌근의 옆으로 옮겼다. 그리고 곧 병호는 곧 그중 노란 보자기를 좌근에게 펼쳐 보여주었다.

"아니, 이건 또 뭔가? 혹시 청자?"

"네. 청자와 설백 계영배입니다."

"계영배? 이게 진짜 계영배인가?"

"추사가 감정까지 한 틀림없는 청자요, 계영배입니다."

"하하하……! 정말로 자네의 재주가 어디까지인가 실로 궁금하네. 하하하……!"

크게 감탄하며 칭찬하던 그가 연이어 말했다.

"나도 예술에는 별로 재주가 없어 청자와 저 설백의 아름다움을 제대로 논할 수는 없지만, 술은 제법 하니 계영배는 제대로 감상할 수 있어. 여봐라! 게 아무도 없느냐?"

"네, 소인 대령이옵니다. 영감마님!"

"그래, 여기 푸짐한 주안상 하나 들이도록."

"네, 영감마님!"

곧 하인이 물러가는 소리가 들리고 좌근은 연신 계영배를 요모조모 뜯어보며 신기해했다.

청자의 오묘한 빛과 설백의 눈부신 아름다음에 매료되어 연신 계영배를 요리조리 살펴보고 있는 좌근을 보고 미소 짓던 병호가 말했다.

"이 두 보자기는 대왕대비마마와 주상전하께 올리는 물건이오니 아저씨가 좀 전해주시기 바랍니다."

"하하하……! 역시 자네야! 나도 이게 욕심이 나는데 누님 생각도 났단 말이지. 그래서 이걸 가져다 드려야 하나, 말아야 하나 목하 고민 중이었는데, 자네가 내 속을 알고 일거에 해결해주었군. 헌데 혹시 부탁이 있는 건 아닌가?"

그제야 병호가 빙긋이 웃으며 자신의 속내를 털어놓았다.

"실은 조보(朝報)에 광고(廣告)를 좀 내고 싶습니다."

"광고가 뭔가?"

"문자 그대로 세상에 널리 알려 우리의 목적을 달성하려는 것이죠, 뭐."

"그러니까 자네 말은 조보에 자네가 추구하는 바를 실어 그를 읽는 사람으로 하여금 자네의 뜻에 따르게 하고자 함인가?"

"그렇습니다."

"예끼, 이 사람아! 어찌 나라에서 발행하는 기별지에 사적인 일을 실을 수 있단 말인가?"

"그러니 그냥은 아니고, 돈을 내겠다는 말입니다."

"돈을 내?"

"그렇게 하면 나라에도 수익이 되어 좋고, 저는 개인적으로 뜻을 이루어 좋은 것 아닙니까? 또 그 내용이 불손한 것이 아니라, 염전과 행궁을 짓는데 필요한 장인과 모군 등, 수만 명을 뽑아 일자리를 제공하고, 또 조선 전체에 숨어 있는 인재 즉 손재주나 발명의 재주가 있는 사람을 뽑아 세상에 유익한 물건을 만들어내고자 함이니, 이런 취지라면 조정에서는 돈을 안 받고도 권장할 만한 일 아닙니까?"

"그런 기사를 싣는 데도 돈을 내겠다는 말인가?"

"그렇습니다."

"흐흠……!"

잠시 생각에 잠겼던 좌근이 곧 의문을 제기했다.

"조보를 구입해 읽는 사람들이 대부분 관료들이나 사대부 일진데 그 효과가 반감될 것 같은데?"

"보완책이 다 있습니다. 향도계나 부상, 또 저와 손잡고 일하고 있는 송상 등을 통해 대대적인 선전도 할 참입니다. 헌데 그들 대부분이 하층민들이다 보니, 그들 말의 신용을 뒷받침하기 위해, 기별지까지 보여주며 선전을 한다면 그 실효성이 배가되지 않겠습니까?"

"향도계와 부상은 또 뭐고, 송상과는 언제 손을 잡았나?"

좌근의 의문에 병호는 그로부터 일각에 걸쳐 소상히 그에 대해 설명하니, 이를 다 듣고 난 그의 입이 있는 대로 벌어져 한동안 다물 줄을 몰랐다. 그리고 깨어나 덧붙이길,

"참으로 자네는 보면 볼수록 무서운 사람일세! 벌써 그런 기상천외한 내밀한 조직을 갖춰놓다니 말이야."

"든든하시죠? 아버님!"

"뭐야?"

"비록 형식은 못 갖췄지만 심적으로는 이미 부자지간(父子之 間) 아닙니까?"

"하하하……! 누가 뭐라나? 하하하……!"

즐거워하는 그를 보며 병호가 낮은 목소리로 물었다.

"어떻게 가능하겠습니까?"

"흐흠……! 좋은 일에 돈까지 낸다면 고려할 수 있는 가치 가 충분한 것 아닌가?"

"그러지 말고 아버님, 적극적으로 힘 좀 써주십시오."

"하하하……! 자네가 이렇게까지 나오는데, 내가 힘을 안 써 준다면 부자지간의 의리까지 상하겠는데, 까짓것 한번 해보지 뭐. 나도 자네마냥 이 선물을 들고 들어가 누님과 주상전하께

아첨 좀 해볼 작정이네. 됐는가? 하하하……!"

"네, 아버님!"

병호 또한 빙그레 웃으며 목적을 위해서는 얼마든지 '아버지'라 부르리라 다짐하는 그였다.

　　　　　*　　　　　*　　　　　*

그로부터 삼일 후 발행된 조보 말미에는 이런 기사가 실렸다.

[간척사업(干拓事業)과 행궁(行宮)을 짓기 위한 장인(匠人), 모군(募軍) 및 담군(擔軍) 대거 모집]

모집 직종: 장인에 한해 직종 불문

모집 인원: 장인 1만 명, 모군 및 담군 5만 명

자격: 신분 제한 없음

연령: 장인은 16~60세, 모군 및 담군은 16~45세

모집 장소: 나의주(양화도) 백사장

모집 일시: 장인 4월8일, 모군 5월5일

품삯: 장인은 실력에 따라 차등 지급, 모군 2~3전/일

대우: 숙소 및 중식 제공

[손재주가 있거나 발명에 소질이 있는 자, 관심 있는 자 포함]

자격: 신분 제한 없음

연령: 10세 이상 30세 이하.

혜택: 숙식 제공, 학업, 뛰어난 자 능력만큼의 보수 지급

모집 장소: 나의주(여의도)

일시: 단오

여기서 모군(募軍)은 공사에서 품삯을 받고 고용될 미숙련 잡역부이며 담군(擔軍)은 석재나 목재를 나르는 짐꾼을 말하는 것이다. 그리고 염전 조성 사업을 간척사업이라 한 것은, 혹시 나라 안에 다른 나라 첩자가 들어와 있을 것에 대비해 이를 호도하기 위한 것이다.

아무튼 병호는 이 조보 열 장을 가지고 장쇠에게 지시를 내리고 있었다.

"이걸 가지고 석실서원으로 가서 1만 장을 필사해 오시게. 기한은 단 사흘이야."

"아, 사흘이면 너무 촉박한 것 아닙니까?"

"원생 수만 200명이라는데 한 사람 앞에 50장밖에 더 돌아가? 원생들이 오가는데 이틀 잡고, 하루만 고생하면 되지 않겠나? 대신 떡값은 넉넉히 주고 오시게."

"알겠습니다."

조정의 소식을 전하는 조보(朝報)는 승정원에서 왕의 윤허

를 받아 발행하는 오늘날의 관보 및 신문과 같은 것으로, 중앙이나 지방의 유력 관리에게 전했는데, 인쇄를 할 수 없었기에 일일이 필사를 해야 했다.

따라서 병호도 이를 필사하기 위해 서원의 원생들을 동원하고자 하는데, 그 서원이 석실서원(石室書院)으로 이는 경기도 미금 수석동(水石洞) 석실마을에 있었다. 이 서원이야말로 병호가 제대로 조상 덕을 볼 수 있는 몇 안 되는 곳이었다.

이 석실서원은 대부분 병호의 조상들이 배향된 서원으로, 병자호란 때 대표적인 척화신이었던 김상용(金尙容)과 김상헌(金尙憲)을 기리기 위하여 건립되어, 1663년(현종 4) 석실사(石室祠)라는 편액을 하사받고, 사액서원으로 승격된 곳이다.

숙종 23(1697)년 김수항(金壽恒), 민정중(閔鼎重), 이단상(李端相)이 배향되었고, 그 이후 김창집, 김창협(金昌協), 김창흡, 김원행, 김이안, 김조순 등이 추가 배향된 서원으로, 금번에 병호가 떡값만 좀 주고 그 원생들을 이용하고자 하는 것이다.

아무튼 장쇠가 사라지자 병호는 곧 이파를 불러 나흘 후까지 송상의 대행수는 물론 부상의 도임방, 그리고 검계 계주 정충세까지 자신의 집으로 오도록 바로 소식을 전하도록 했다.

이파마저 떠나고 나니 비로소 필사까지 해야 하는 조보에 천 냥씩이나 주고 광고를 낸 돈이 정말 아까운 생각이 들어

슬슬 배가 아파왔다.

그로부터 나흘째 되는 아침.

병호는 사랑채에서 지금 열변을 토하고 있었다. 그 대상은
송상의 대행수 공영순과 부상의 도임방 엄곽산 그리고 검계
계주 정충세 등이었다.

"휘하 전 계원을 동원하여 장인과 역부를 모집하는 일에 적
극적으로 나서되, 이 조보를 증거물로 제시하면 더한 신용을
얻을 수 있을 것입니다. 물론 이 조보의 필사한 것이 부족하
니 좀 더 필사를 해서 돌려야겠죠. 이에 대해 할 말이나 의문
이 있으신 분은 말씀 하세요."

"장인 1만 명에 모군에 담군을 합해도 5만 명이면 상대적으
로 역부들이 적은 것 아닙니까?"

정충세의 물음에 병호가 즉답했다.

"그건 염전을 조성하려면 그곳을 기반으로 생계를 유지하
던 사람들을 배려치 않을 수 없소이다. 따라서 부족한 인원은
그 현지인을 채용할 계획이라 적게 모집하는 것이오."

"역시 주도면밀하십니다."

"장인과 인부들의 모집 시기에 차등을 두는 이유는 또 뭡
니까?"

엄곽산의 물음에 병호가 이 또한 즉답했다.

"장인들은 미리 현장으로 가 모집된 역부들이 묵을 숙소

및 여타 시설부터 지어야 하오. 하고 이에 따른 인부는 현지인을 채용한다면, 그 숙소를 짓는 동안만이라도 그 폐해가 덜할 것 같아서 시기에 차등을 둔 것입니다."

"알겠습니다."

"그럼, 부탁 좀 드리오."

"우리 일과 마찬가지이니 너무 걱정 마시기 바랍니다."

공영순의 말에 병호는 미소 띤 얼굴로 고개를 끄덕였다.

삼인이 나가고 나니 함께 자리했던 김병기와 김병주 중 병기가 놀랍다는 어투로 말했다. 참고로 두 사람은 김좌근의 말대로 그 다음 날부터 바로 출근을 해 오늘에 이르고 있었다.

"언제 저 어마어마한 조직을 밑으로 다 끌어들였는가?"

그의 물음에 병호가 뻐기는 투로 정확한 답변을 하지 않았다.

"에헴, 좀 되었습니다."

"그럴 때는 하는 짓이 제 나이답군."

나이의 이야기가 나와서인지 병기가 한 옆에 조용히 앉아 있는 병호와 동갑인 병주에게 시선을 돌리며 물었다.

"너는 이곳으로 출근하는 것이 공부하는 것보다 좋으냐?"

"형님, 지금 그걸 말이라고 합니까? 줄줄 외우고 있는 그깟 사서삼경을 암송하고 또 암송하는 것보다는 백번 낫죠."

병주의 말에 병기가 놀란 눈으로 물었다.

"사서삼경을 모두 암송한다고?"

"아니, 형님! 우리 집안 인물치고 그 정도 능력 안 되는 인물 있습니까?"

"험, 험……!"

그의 반박에 병호 또한 놀란 눈으로 새삼 그를 아래위로 훑으며 물었다.

"정말 그 정도 능력이 되기 때문에 겉돌았는가?"

"두 말 하면 잔소리지."

자신만만하게 대답하는 그를 보고 있노라니 새삼 안동 김문에 대해 생각하게 되었다. 능력이 있건 없건 자기 집안이면 무조건 요직에 앉힌 후대의 민씨 세도에 비하면 안동 김문은 일족 관리가 잘된 편이었다.

능력이 없다고 판명되면 철저히 실권이 없는 한직으로 처박고 승진도 시켜주지 않았다. 이렇게 능력 위주로 집안을 잘 관리했기 때문에 흥선 대원군조차 안동 김씨, 즉 김좌근, 김병학 김병국, 김병기, 김병주 등을 중앙정계에서 완전히 몰아내지는 못했던 것이다.

아무튼 김유근의 양아들로 들어간 김병주는 원 역사에서 철종 즉위년(1849)년 예문관검열을 시작으로 홍문관수찬 등을 거쳐 십여 개가 넘는 직책에 잇따라 등용되며 형조판서, 예조판서 등 중앙 및 지방의 요직을 맡았다.

1863년 흥선대원군(興宣大院君)이 집권한 이후 안동 김씨 일문의 위세가 꺾인 후에도 그는 병조판서와 이조판서를 역임하는 등 주요관직을 계속해서 맡았던 인물이었다.

　아무튼 병주의 말에 병호도 새삼 그를 다시 생각하고 있는데 밖에서 고하는 장쇠의 목소리가 들려왔다.

　"구장복 나리께서 돌아오셨습니다."

　"그래? 어서 들여라!"

　"네, 도련님!"

　평안도 쪽으로 병호가 말한 염전의 타당성을 조사하러 갔던 구장복이 돌아왔는데 말에, 병호가 반색을 하고 자리에서 벌떡 일어나 그를 맞으러 나갔다. 곧 그가 방 안으로 들어오며 예를 표했다.

　"다녀왔습니다."

　"원로에 고생이 많으셨습니다."

　"의당 해야 할 일이었습니다. 헌데 못 뵙던 분들이……."

　"아, 서로 초면이시죠? 인사 나누세요."

　이렇게 운을 뗀 병호가 우선 병기를 가리키며 말했다.

　"이쪽은 금번에 정한 상호인 조양물산의 감사로 선임된 김병기, 이쪽은 이사(理事) 김병주, 이쪽은 염전 사업부 총괄본부장 구장복이라 합니다."

　병호의 자세한 소개에 셋은 서로 고개 숙여 예를 표하며 첫 대면 인사를 나누었다. 이렇게 소개가 끝나자 병호는 곧 구장복에게 궁금한 사항부터 물었다.

"그래, 가본 결과 어떻습니까?"

"역시 사장님의 말씀대로 염전을 일구기에는 이 보다 적합한 곳이 없을 정도로 최적지였습니다."

"하하하……! 그렇죠?"

"물론입니다."

"그런데 아무래도 추가로 염전을 더 조성해야 할 것 같습니다."

"그건 또 무슨 말씀인지?"

"이번에 돈을 들여 광고를 낸 김에 대거 장인과 역부들을 뽑을 예정이거든요. 그러니 그들을 이용해 일시에 염전을 조성해 가능한 빨리 끝내고 다른 사업을 벌입시다."

병호의 이 말에 병기가 의문의 눈으로 물었다.

"행궁인가 요정 공사 때문에 대폭 뽑은 게 아니었어?"

"물론 그 공사도 해야 되지만 그곳은 일단 조정과 그쪽 고본계의 이목도 있고 하니 시늉만 내려고 합니다. 따라서 염전에만 일 년은 집중해 첫 수확물이 나오기 시작하면 그때부터는 요정 공사로도 손을 돌려야죠. 비록 100만 냥의 자금이 요정 공사로 인하여 더 유입되겠지만, 제 사업이 이것에 그칠 것이 아니니, 우선 연구 인력과 미래를 위한 학생들을 위한 투자도 해야 합니다. 따라서 일부 요정 공사의 자금은 전용할 수밖에 없을 것 같습니다."

"연구 인력과 학생은 또 뭐야?"

병기의 계속되는 질문에 병호는 건성으로 대답하며 슬금슬금 문가로 갔다.

"그건 차츰 말씀드리기로 하고요. 장쇠야!"

"네, 도련님!"

"게 홍 부장과 남 부장, 이 부장 있으면 들라 해라!"

"네, 도련님!"

병호는 그간 지원단 전부를 부장으로 임명한 바, 홍순겸은 자재부장, 남병길은 경리부장, 이파는 정보부장 직에 임명되어 있었다.

머지않아 세 사람이 들어오자 병호는 그들에게 차례로 지시를 하기 시작했다.

"홍 부장과 남 부장님은 말이오."

"네, 사장님!"

"……."

병호의 말에 홍순겸이 공손히 대답하는데 비해 남병길은 나이도 위고 같은 양반 신분이라서 그런지 단지 고개만 끄덕이는 것으로 답을 했다. 이에 병호가 방 안을 둘러보며 말했다.

"내 이 자리에서 분명히 말하지만 내가 여기 있는 어느 사람부터 직책이 위요. 따라서 내 말에 순응할 뜻이 없는 분은 당장 이 자리에서 나가도 좋소. 하지만 아니고 함께 일할 뜻이 있으면 공석에서 만큼은 깍듯이 예우해 주시기 바랍니다."

이에 남병길과 역시 나이가 아홉 살이 더 많은 병기가 떨떠름한 표정을 지었으나 방 밖으로 나가지는 않았다. 이에 병호는 그들의 표정은 무시하고 계속해서 지시를 내렸다.

"두 분은 함께 다니며 양화도 건너 백사장 및 일부 전답 포함해 10결(30만 평)을 사들이시오."

"그 모래밭 땅을 사서 뭐에 쓰시려고요?"

홍순겸의 물음에 병호가 즉답했다.

"그곳에 연구소 및 위험성이 없는 공장을 지으려 하오. 이는 내가 그들을 수시로 가르치고 지시해야 되는데, 내가 주로 머물 한양에서 먼 곳에 그런 시설을 마련하면 아무래도 비능률적이기 때문이오."

"알겠습니다."

"또 신치도 아니 고군산군도에 속한 섬이란 섬의 어전은 모두 사들이시오. 더하여 섬 자체를 아예 사들일 수 있으면 더욱 좋겠습니다. 이곳에는 장차 우리 회사의 동량이 될 학생들을 가르칠 대규모 학사가 들어섬은 물론, 우리의 비밀 연구소도 들어설 것이니 보안상 가급적 내 말대로 해주었으면 좋겠소이다."

"다 좋은데 자금이 문제 아니오?"

남병길의 질문에 병호가 답했다.

"곧 요정 고본계에서 새로 100만 냥이 유입될 것이고, 송상
에서도 10만 냥이 유입될 것이니, 일단은 이 자금을 활용합시
다."

"알겠소이다."

비로소 처음으로 남병길이 경어를 사용하니 내심 됐다 싶
은 병호였다.

"자, 이 정보부장은 내가 없는 동안 비림이나 부상, 송상 등
의 정보를 철저히 관리하여 무탈할 수 있도록 해주시오."

"어디 출행하십니까?"

이파의 물음에 병호가 즉답했다.

"구 본부장과 함께 새로운 염전용지로 염두해 두고 있는 연
백이나 청천염전 등을 답사하고, 기왕 평안도까지 올라간 길
에 만상의 가포(稼圃) 임상옥(林尙沃) 어른도 한 번 만나 뵙고,
그 분과 사업에 대한 논의도 좀 하려하오."

"이젠 만상과도 합작을 하려 하십니까?"

이파의 물음에 병호가 엄숙한 얼굴로 답했다.

"내 누누이 이야기지만 혼자보다는 여러 상단이 힘을 합치
는 것이 조선을 하루라도 빨리 부강시키는 지름길이오."

병호의 말에 잠시 실내에 정적이 감돌았다.

"내 말은 여기까지."

말을 끝낸 병호부터 밖으로 나가자 다른 사람들도 각자의 일을 하기 위해 줄줄이 그의 뒤를 따랐다.

*　　　　　*　　　　　*

이날 저녁이었다.

병호가 막 저녁상을 물리고 돌아앉았는데 밖에서 장쇠의 고하는 목소리가 들려왔다.

"우선(藕船)이라는 분이 찾아오셨습니다, 도련님!"

'우선? 아, 역관 이상적의 호가 우선이라 했지.'

그제야 기억을 해낸 병호가 큰 소리로 외쳤다.

"들라 하시게."

"네, 도련님!"

"험, 험……!"

곧 문이 열리며 몇 사람이 줄줄이 들어왔다. 그런데 병호가 아는 인물은 추사의 집에서 만난 이상적 밖에 없었다. 방에 들어선 여섯 명중 다섯 명이 전혀 안면이 없던 인물들이었다. 이를 이상적도 인지했는지 웃으며 병호에게 말했다.

"모두 초면일 것이오. 내 소개해 드리다. 우선 여기는 환재(瓛齋) 박규수(朴珪壽) 공부터. 여기 이 분은 효명세자(孝明世子)의 흥서 이래 두문불출하는 것을 경양(敬揚: 오웅헌) 아우를 만나러 갔다가 뵙고, 안동 김문에 신이(神異)한 분이 나타났다고 하니 호기심으로 함께 내방하게 된 것이오."

이상적의 장황한 설명이 끝나자 중키의 박규수가 성큼 앞으로 나섰다. 이에 병호도 한 발 앞으로 나서며 먼저 고개를 숙였다.

"문명은 일찍이 전해 들었습니다."

"과찬의 말씀을."

병호도 역사책을 통해 개화사상가로 유명한 그를 일찍이 알고 있었던 관계로 겸양하는 그를 눈여겨보았다. 그는 이제 33세 전후의 나이로 몸에 밴 것인지 행동거지가 단아하고, 목소리 또한 온화한 것이 누구에게도 화 한 번 내지 않을 듯한 인상이었다.

이어 이상적은 다음 사람을 소개시켜 줬는데 그는 무반으로서 현 30세인 위당(威堂) 신관호(申觀浩). 즉 훗날 신헌(申櫶)으로 개명하는 사람이었다. 전형적인 무관 가문에서 태어난 그는 어려서 당대의 석학이며 실학자인 정약용(丁若鏞), 김정희(金正喜) 문하에서 다양한 실사구시(實事求是) 학문을 수학한 사람이었다.

그리하여 무관이면서도 독특한 학문적 소양을 쌓아 유장(儒

將)이라 불리기도 하였다. 또 개화파 인물들인 강위(姜瑋), 박규수(朴珪壽) 등과 폭넓게 교유하여 현실에 밝은 식견을 가진 인물이기도 했다.

원 역사에서 근대로의 전환의 상징적 사건인 강화도조약 체결 당시 조선의 대표인 전권대신(全權大臣)으로 활약한 것으로 잘 알려진 인물이었다. 현재 잠시 관직에서 떠나 있는 상태였다.

다음으로 이상적이 소개한 사람은 함께 역관 벼슬을 하고 있는 경양(敬揚) 오응현(吳膺賢)이었다. 대대로 역관 집안으로 일찍이 16세에 역관 식년시에 합격할 정도로 중국어에 능통한 사람이었다. 그는 특이하게도 한 아이를 데리고 왔다.

이에 병호는 이제 아홉 살쯤 되어 보이는 눈망울이 초롱초롱한 아이를 보고 물었다.

"이름이 어떻게 되지?"

"오경석(吳慶錫)이라 하옵니다."

"아……!"

또렷하게 답하는 아이의 이름을 듣고 병호는 부지불식간에 감탄사를 쏟아냈다.

'이 역시 훗날 훌륭한 개화사상가가 되는 인물 아닌가!'

그러나 병호의 내면을 알 리 없는 이상적이 반사적으로 물었다.

"왜, 내 제자가 어디 잘못 되기라도 했소?"

'이 아이가 이상적의 제자였구나!' 그 사실까지는 몰랐던 병호가 미소를 띠며 말했다.

"장차 큰 인물이 될 상이라 놀란 것뿐이오."

"하하하……! 역시 사람 보는 눈은 동일한 모양이오. 벌써 중국어를 우리나라 말보다 더 잘 한다니까요?"

"명석하게 생겼소."

제자나 아들 칭찬해 싫은 사람 없듯이 제자의 칭찬에 입이 귀에 걸리는 이상적과 오응현이었다. 아무튼 끝으로 이상적이 소개한 사람은 금년 57세의 이기복(李基福)이라는 어의(御醫)로 무표정한 얼굴에 말을 아끼는 인물이었다.

모든 수인사가 끝나자 병호는 곧장 주안상을 들이라 명했다. 그러자 아직은 어색한 자리를 타파하기 위함인지 이상적이 조보를 화제로 삼았다.

"내 일전에 발간된 조보를 보고 깜짝 놀랐소. 당장 6만 명의 장인과 역부를 모집한다니, 이는 정조대왕의 화성성곽 축조 이래 조선의 제일 큰 역사(役事)가 아닌가 생각하오. 당장 6만 명씩 뽑는 그 놀라운 배포도 배포지만, 일개인이 그런 엄청난 역사를 벌일 수 있다는 것 자체가, 범인으로서는 상상을 절할 정도인데 여러분들은 이에 대해 어찌 생각하오?"

"정말 조보만 보고서도 형님의 소개가 아니더라도 꼭 만나고 싶어, 형님이 제의하자마자 만사를 제쳐놓고 한걸음에 달려온 것이 아니오?"

오응현의 말에 빙긋 미소를 지은 박규수가 말했다.

"나 또한 그 놀라운 배포와 기상천외한 상재가 놀라워 두문불출하던 전례를 깨고 함께 와 본 것이오."

이를 받아 신관호가 말했다.

"동문 아우의 말만 듣고는 긴가민가했는데, 조보, 거기에 오늘 스승님(김정희)마저 뵙고는 꼭 만나보고 싶다는 생각이 들어 함께 이 자리에 참석한 것이오."

이렇게 되니 어의라는 이기복 외에는 모두 한마디씩 한 것이 되어 자연히 다중의 눈길이 이기복에게로 쏠렸다.

"험, 험, 나는 매우 현실적인 사람이오. 듣기에 두 가지 큰 사업 말고도 또 다른 좋은 사업이 있다기에 왔소. 오늘 이 자리에서 그에 대한 언질이라도 주면 안 되겠소?"

"험, 험……!"

갑자기 헛기침으로 목청을 틔운 병호가 빙긋 웃으며 입을 떼었다.

"칫솔, 치분, 비누를 우선 만들어 팔려하오."

"칫솔과 치분이라는 말은 듣는 이 처음이고 비누는 또 뭘 말하는 것이오? 아낙네들이 빨래하는데 쓰는 비누를 말하는 것이오?"

어의 이기복의 말에 병호가 빙긋 웃으며 답변에 나섰다.

"칫솔이라는 것은 주상전하 이하 돈 있는 사람들이 쓰고 있는 버드나무 가지를 잘게 잘라 쓰는 이쑤시개를 대체하는 것으로 보면 되고, 치분은 백성들이 사용하고 있는 양치방법인 소금물로 닦는 것이 아닌, 이가 보다 잘 닦일 수 있도록 여러 재료들을 모아 가루로 낸 것이라 보면 될 것입니다. 그리고 비누는 빨래 비누도 개량해야겠지만, 그보다는 세수할 때 쓰는 용도로 팥이나 녹두 등을 으깨 사용하는 것보다는 백번 나은 물건을 만들려하는 것입니다."

"정말 그런 물건을 만들어 낼 수 있소?"

신관호가 감탄하며 묻는데 비해 현실주의자 이기복의 반응은 시큰둥했다.

"그런 물건을 실제로 만들어 낼 수 있다면 놀라운 일이나 큰 돈벌이는 안 될 것 같소."

이에 병호가 즉각 반문했다.

"왜 돈벌이가 안 된다는 것이오?"

"사대부를 비롯한 돈 있는 층은 모르겠으나, 하루 두 끼 식사도 해결할 수 없는 백성들에게는 호사스러운 물건이 돼나서 사 쓸 형편이 못 될 것 같소이다. 비누는 그래도 여인들의 허영심에 좀 팔리긴 팔릴 것 같습니다."

"왜 조선에만 판다고 생각하시오. 중국이나 왜로도 팔면 확실히 돈이 될 것이오."

병호의 말에 이기복도 지지 않았다.

"후시무역이나 해가지고 팔면 얼마나 팔겠소?"

"늦어도 내년 말까지는 두 나라와 전면적인 통상을 할 계획
도 가지고 있으니 그 문제는 너무 걱정 않으셔도 됩니다."

"무슨 수로?"

이기복의 반발에 이어 좌중의 분위기가 부정적으로 흐르
자, 벌써 청국을 여러 차례 다녀온 경험이 있는 이상적도 이
분위기에 동조하는 발언을 했다.

"내가 청국에 갔을 때 들은 말로는 황제께서는 소뼈에 돼
지털을 박아 만든 칫솔을 사용하시고, 백성들은 대나무에
무슨 털을 박아 만든 물건을 한때는 사용했으나, 그 물건을
사용하면 할수록 잇몸이 붓는 등 여러 역효과가 나타나 지
금은 대부분이 사용하지 않는 다는 말을 들은 기억이 있소.
그러니 그런 정도의 물건이라면 차라리 안 만드는 게 나을
것 같소."

"나도 그 말은 얼핏 들은 것 같소. 하지만 내가 만든 물건
은 분명 그 정도의 수준은 벗어난 것일 것이니 걱정 않으셔도
될 것이오. 하고 내가 만들려는 물건들이 이뿐만 아니고 다른
많은 구상도 있소. 예를 들어 브래지어나 생리대 외에도 여러
구상들이 있어, 여러분들의 참여를 가급적 바라지만 굳이 참

여하지 않겠다는 분을 억지로 참여하라고 강권하지는 않겠소. 지금 내가 지니고 있는 자본만 해도 이런 소소한 물건들을 만드는 데는 아무런 지장이 없기 때문이오."

"생리대는 대충 그 용도를 알 수 있겠으나 브래지어는 또 뭣에 쓰는 물건이오?"

이상적의 물음에 병호가 미소 띤 얼굴로 답했다.

"브래지어는 순수한 우리말로 표현하다면 '젖가슴가리개'가 되겠네요. 생리대는 여인들이 사용하는 기저귀를 개량한 것이고요."

"별 망측스러운 말을 다 듣습니다. 그게 얼마나 좋은 물건이 될지 모르나 조선의 어느 여인이 가슴가리개를 별도로 착용한단 말이오? 천으로 둘둘 말아 꼭꼭 숨기면 되지."

이기복의 여전한 부정적인 말에도 병호는 여전히 미소를 잃지 않고 답했다.

"세상의 여인들이 어찌 조선 여인들만 같겠소. 저 양이들의 여인은 가슴 큰 것을 자랑으로 여기거니와, 그녀들에게 속이 훤히 비치는 옷을 입어도 떳떳이 가슴을 가릴 수 있다면, 아마 모르긴 몰라도 큰 호응을 얻어 불티나게 팔릴 것이오. 하니 너무 편협한 눈으로 세상을 바라보진 말기를 바라오."

병호의 말에 아연해져 서로의 얼굴을 바라보는 중인들이었다. 이때 오응현이 나서서 발언을 했다.

"당산(唐産)을 사려는 왜인들은 반드시 동래(東萊)에서 구입했습니다. 그런 연유로 동래부(東萊府)에는 다른 곳보다 은이 월등히 많아 우리나라에 유통되는 은은 대부분 왜은(倭銀)이었고, 우리나라의 여러 광산에서 나는 은도 풍부하여 중국과의 교역을 허락하지 않아도 되었습니다. 그러나 여러분들도 아시다시 그 뒤 어떻게 되었습니까? 그 뒤 청나라 사람들이 왜인들과 직접 교역을 시작하자, 왜인들은 직접 장기도(長崎島: 나가사끼)로 가 교역하고 다시 동래로 돌아오지 않았습니다. 그렇게 되자 우리 조선에서는 마침내 광산에서 캐내는 은만을 사용하게 되었는데, 산출량도 옛날보다 점점 줄어들었습니다. 이로부터 국내의 은이 크게 부족하여 장사치들이 모두 잡화(雜貨)로 은값을 쳐서 포대를 채웠는데, 늘 기준에 미달하여 우리 같은 역관들이 마침내 큰 손해를 보게 되었고, 그것은 해마다 더욱 심해져, 대대로 역관을 지내던 사람들 대부분이 역관직을 버리고 다른 일을 찾아 나서고 있는 것이, 우리 역관들의 현 실정입니다. 따라서 우리 역관들로서는 새로운 신이(神異)로운 물건이 세상에 출현하면 할수록 좋고, 외국과의 무역도 적극 지지하는 바입니다. 그런고로 다른 사람은 몰라도 우리 가문만은 여기 있는 김 사장의 사업에 적극 동참할 생각입니다. 내 뜻을 받아주시겠습니까?"

오응현이 현재 자신들의 처한 상황을 길게 발언했지만, 병호는 끝까지 경청의 자세를 유지하며 듣고 있다가, 그의 제안을 적극 환영하는 발언을 했다.

"내 사업에 항상 문호는 열려 있고, 나는 언제든 여러분의 투자를 환영합니다. 단 그것이 언제까지 지속될 수는 없는 노릇으로, 내게도 일정 자본이 모이면 더 이상 받지 않은 생각입니다. 그 때는 내 돈만으로도 충분한데 무엇 때문에 이익을 나누겠습니까? 그러니 자본 참여를 하시든 안 하시든 여러분의 자유의사에 맡기겠습니다."

병호가 당장 이들의 투자를 끌어낼 셈으로 한 발언이 끝나자, 이들은 자신들끼리 한동안 분분한 의견을 내었다. 그 결과 오응현과 이상적은 더 많은 역관들의 재물까지 모아 적극 사업에 동참하겠다는 의견을 내놓았다.

그러나 박규수는 집안에 돈이 없다는 이유로 사양했고, 조선 후기 이대 무관 가문으로 유명한 신관호는 집안 어른들과 상의하여 결론을 내겠다는 말로 당장의 투자를 유보했다. 또 의관 이기복은 고개를 절레절레 흔들며 투자를 않겠다는 분명한 의견을 내었다.

이렇게 되어 오늘 회동한 사람들의 의견이 여럿으로 갈렸지만 병호는 개의치 않고 두 사람에게 다른 제의를 했다.

"세 분은 당장 나라의 녹을 먹고 있으니 그럴 처지가 못 되지만, 환재 공이나, 위당 공은 나와 함께 바람이라도 쐴 겸 평안도로 여행을 떠나는 것이 어떻겠소?"

"그거 좋은 생각입니다. 집 안에만 마냥 칩거하는 것은 건강이나 여러 면에서 좋지 않은 일이니, 이 기회에 여행을 떠나 심신을 새롭게 하는 것이 어떻겠습니까?"

이상적의 권유에도 박규수가 망설이고 있자 신관호가 말했다.

"나도 집에만 처박혀 있는 것이 답답하던 처지인데, 이 기회에 함께 여행을 하는 것도 좋을 것 같소. 환재 공도 더 망설이지 말고 함께합시다."

"좋소. 언제 떠날 예정이오?"

박규수마저 신관호의 권유에 화답하자 병호가 말했다.

"내일은 행장을 수습하는 것으로 하고 모레 아침 일찍 떠나는 것으로 합시다."

"좋소. 내 모레 새벽같이 일찍 찾아뵈리다."

신관호의 말에 박규수도 고개를 끄덕이는 것으로 동의를 표했다. 때마침 주안상이 들어와 이후로 이들은, 술을 마시며 한동안 세상 돌아가는 이야기를 나누다가, 반 시진 후에는 모두 돌아갔다.

다음 날 병호는 하루 종일 자신의 방에 틀어박혀 김수철과 전기에게 무슨 그림을 그리게 했다. 자신의 설명과 다른 부분은 수정하고 또 수정하는 긴 시간을 요하는 작업이었다.

다음 날 새벽.

장쇠에게 선물 보따리 하나를 들린 병호는 구장복, 김수철 그리고 새벽같이 찾아온 박규수와 신관호를 데리고 네 무사의 호위를 받으며 마포나루로 향했다.

이후 일행은 개성 바로 위에 있는 연백군(延白郡)의 해변을 세밀히 조사하여, 병성현 한천리, 유촌리, 덕동리와 사호리 일부 또 전당리 일대가 염전 조성에 아주 유리한 조건을 지니고 있음을 알고, 이 일대에 최종 1천 정보 이상의 대규모 염전을 조성하기로 했다.

이후 병호는 계속 북상하여 청천강(淸川江) 연안 일대를 탐색하던 중 그 윗부분 역시 염전을 조성하기에는 알맞은 지형이 있어, 이 지역 또한 장기적으로는 1천 정보 이상의 염전을 조성하도록 구장복에게 지시했다.

끝으로 병호는 구장복과 헤어지며 기존 다섯 곳에 연백, 청천 더하여 곰소(줄포)만 지역까지 여덟 군데를 동시에 착공하도록 지시하는 했고, 이에 따른 만반의 준비를 차질 없이 행하도록 신신당부를 했다.

곧 구장복을 떠나보낸 병호는 의주(宜州)로 향하며 긴 한숨을 내쉬었다. 이에 신관호가 물었다.

"무슨 근심이라도 있소?"

"보시다시피 할 일은 많고 이를 중간에서 지탱해 줄 중견 간부들이 적으니 애로 사항이 이만저만이 아니오."

이 말을 들은 신관호가 박규수를 바라보며 물었다.

"고산자(古山子) 등이 도와주고 지도 제작비를 얻는 것은 어떻겠소?"

"그의 친우들 중에는 신분 때문에 벼슬에는 나가지 않고 여러 좋은 일을 하고 있다는 소문을 얼핏 들은 것 같은데, 그들이 만약 김 사장의 휘하에 합류한다면 서로 좋은 일일 것 같으니, 돌아가는 대로 그들에게 한 번 운을 떼보는 것이 좋을 것 같소."

"내 이야기가 그 얘기요."

"모쪼록 도와줄 수 있는 사람을 천거해 주신다면 귀히 쓰도록 하겠소이다."

"내 힘써 보리다."

병호의 말이 끝나자마자 힘주어 말하는 신관호의 답에 용기를 얻은 듯 그가 박규수를 바라보며 물었다.

"공도 우리의 사업에 참여하는 것이 어떻겠소? 물론 자본을 대라는 것이 아니라 직접 몸으로. 집에만 칩거하고 있는 것보다는 심신 건강을 위해서도 나을 것 같아 드리는 말이오."

"글쎄……?"

갑자기 생각이 많아지는지 확답을 못하고 길게 끄는 박규수를 본 병호가 말했다.

"오늘만 날이 아니니, 아무 때라도 참여 의사를 밝혀준다면 나는 적극 환영할 것이오."

"좀 말미를 주시오."

"그러지요."

긍정한 병호의 발걸음이 갑자기 빨라지자 일행도 그에 맞추어 발걸음이 빨라지기 시작했다.

＊　　　＊　　　＊

그로부터 이틀 후, 병호 일행은 의주 읍내에서는 조금 떨어진 곳에 위치한 가포 임상옥의 집을 물어 찾아들 수 있었다. 의주 인근에 사는 사람들 치고 그의 집을 모르는 사람이 없어, 그의 집을 찾는 데는 큰 어려움이 없었다.

아무튼 병호 일행이 거상 임상옥의 집을 찾아든 때는 해가 뉘엿뉘엿 지는 석양 무렵이었다.

임상옥의 집을 찾은 병호의 눈에 임상옥의 집은 좀 이상한 면이 있었다. 집의 터는 무척 넓은데 비해 그 집의 크기는 예상한 것보다는 작아 보였기 때문이었다.

병호가 생각하기에 조선의 으뜸 거부로 집 크기도 99칸 좀 되는 으리으리한 집을 연상했건만, 그의 집은 그 절반인 50칸 정도밖에 돼 보이지 않은 까닭이었다.

아무튼 병호가 하인에게 배첩을 넣으니 곧장 함께 식사나 하자는 전갈이 왔다. 물론 병호는 자신의 이름을 잘 모를 것에 대비해 하인에게 김좌근의 이름을 파는 주도면밀함도 발휘했다.

아무튼 임상옥의 청에 병호는 박규수와 신관호를 데리고 그가 머무는 큰 사랑채로 들어갔다. 세 사람의 등장에 자리에서 벌떡 일어난 임상옥이 큰 목소리로 일행을 맞았다.

"어서들 오시오. 자, 자, 저 아랫목으로 가실까요?"

"감사합니다. 어르신!"

병호를 비롯한 일행은 그가 권하는 대로 보료가 깔린 아랫목으로 향했다.

곧 서로 아랫목에 앉으라고 사양하는 겸양의 미덕을 발휘하다가, 궁극에는 주인인 임상옥이 보료에 앉는 것으로 정리되어 그와 마주하게 되었다. 이어 임상옥부터 자신을 소개하고 병호 일행 또한 돌아가며 자신을 소개하는 시간을 가졌다.

그 와중에 병호는 임상옥이라는 거상을 유심히 살펴보았다. 겉보기에는 환갑 전후의 평범해 보이는 노인이었지만 가만히 들여다보니 눈매가 깊고 예리함을 느낄 수 있었다.

"요즈음 세상 돌아가는 이야기 좀 들려주오. 이곳은 서학쟁

이들을 잡아낸다고 기찰이 무척 심해졌소이다만."

임상옥의 말에 병호가 답했다.

"한양도 포교들이 유난을 떠나 백성들의 반응은 시큰둥합
니다."

"왜 그렇소?"

"먹고 살기도 힘든 판에 다 귀찮은 것이죠."

"하긴 백성들의 입장에서 보면 다 쓸데없는 짓이죠. 또 고변
을 한답시고 했다가 관가에서 오라 가라 하면 더 귀찮은 일이
고."

이때 밖에서 고하는 소리가 들렸다.

"영감님! 주안상들일까 하는뎁쇼?"

"그래, 주안상도 들이고, 가서 수형(水衡)이도 있으면 들라
해라."

"네, 영감님!"

하인이 임상옥을 호칭하길 '영감'이라 했는데 그의 호칭이 잘
못된 것은 아니었다. 임상옥은 지금으로부터 4년 전인 1835년
구성부사(龜城府使)에 발탁되었으나, 비변사(備邊司)의 논척(論
斥)을 받고 사퇴한 바 있으므로 맞는 호칭이었던 것이다.

아무튼 대답과 함께 하인이 물러가는 기척이 들리는 것과
동시에 문이 열리며, 네 명의 하녀들이 각각 큰 개다리소반 하
나씩을 들고 나타나 네 사람 앞에 하나씩 각각 놓고 나갔다.

"때가 저녁때라 석찬부터 들이는 것이 예의이나, 내가 술을 좋아하는 관계로 우선 약주부터 한잔씩하고, 식사는 그 후에 하는 것으로 합시다."

"잠깐만요, 영감님!"

임상옥의 말에 때는 이때다 싶어 일단 제지를 한 병호는 신속히 문가로 가 대기하고 있던 장쇠에게 선물보따리를 인계받고, 다시 자리로 돌아와 그 보따리를 풀며 말했다.

"약주를 드시기 전에 시생이 올릴 선물이 하나 있습니다."

"허허, 선물은 무슨……."

겸양하던 임상옥의 눈빛이 병호가 꺼내는 물건들을 보고는 급격히 달라지기 시작했다.

"혹시 청자를 재현한 잔이오?"

"예, 그리고 이것은 계영배이기도 합니다."

"뭣이? 계영배? 혹시 내가 잘못 들은 것은 아니오?"

"틀림없는 계영배 맞습니다."

"허허, 이리 줘보오."

병호가 건네주는 두 설백, 청자 두 개의 잔을 빼앗듯이 앗아간 임상옥은 그 길로 한참을 두 개의 계영배 감상에 할애했다. 그러던 그가 돌연 청자 계영배에 손수 술을 쳤다. 그리고 마침내 잔이 흘러넘쳐 잔 받침대에 술이 고이자 그가 탄식하며 말했다.

"틀림없는 청자 계영배가 맞소."

임상옥마저 청자 계영배라 감정을 하자 신관호가 크게 고개를 끄덕였다. 이런 그의 행동이면에는 자신의 스승인 김정희의 감정이 어긋나지 않은데 따른 안도감도 크게 작용한 듯 보였다.

임상옥에게는 또 하나의 별칭이 있었으니 '박물군자(博物君子)'라는 이칭이었다. 임상옥(林尙沃)은 사람을 잘 알아보는 장기가 있었기에 홍경래(洪景來)의 딴 뜻을 미리 간파했듯이 그는 물품의 감정안도 뛰어났다.

한번은 어떤 사람이 큰 산삼을 가지고 와서 임상옥에게 감정을 의뢰했다. 그가 아침 햇빛에 비춰보고 나서 말했다.

"경삼(驚蔘)이로군."

'경삼'이란 옮겨 심어서 자란 산삼을 말하는 것이었다. 이 말을 들은 산삼 주인은 탄복을 하면서 실토했다.

"사실은 어느 산사 우물가의 수풀 속에서 캤습니다."

이와 같이 임상옥은 물건이나 사람이나 보는 눈이 예리했다. 그래서 모두들 임상옥을 '박물군자(博物君子)'라고 일컫기를 서슴지 않았던 것이다. 그리고 아무도 임상옥을 속일 생각을 하지 않았고, 임상옥과 거래할 때는 누구나 정직하게 장사를 했다고 한다.

"일찍이 이런 기물이 내 옆에 있었더라면 암행어사가 99칸 집을 허무는 등의 수모는 당하지 않았을 것을."

그의 말에 박규수와 신관호 모두 그 사연을 알고 있는지 고개를 끄덕였다. 이에 병호도 더 묻지 않고 있는데 임상옥이 정색을 하고 병호에게 물었다.

"정말 이 '유좌지기(宥坐之器)'를 내게 주는 것이오?"

"그렇습니다."

"좋소, 아주 좋아! 하하하……!"

크게 기뻐하던 임상옥이 돌연 병호를 뚫어지게 바라보며 물었다.

"듣기에 장사를 한다고?"

"그렇습니다."

"내 볼품없는 영감쟁이지만 귀한 선물을 준 그대를 위해 계를 하나 내리자면, '재상평여수 인중직사형(財上平如水 人中直似衡)이라!' 재물은 평등하기가 물과 같고 사람은 바르기가 저울과 같아야 하느니, 이 말을 꼭 명심하기 바라오."

물과 같은 재물을 독점하려 한다면 반드시 그 재물에 의해 망하고 저울과 같이 바르고 정직하지 못하면 언젠가는 파멸을 맞는다는 의미를 지닌 그의 말에 병호는 즉시 고개를 조아리며 말했다.

"각골명심하겠습니다. 어르신!"

"거기에 하나 더. '이문을 남기는 것은 작은 장사요, 사람을 남기는 것은 큰 장사라. 이는 누구나 쉽게 말할 수 있으나 지키기는 매우 어려운 일로, 만약 귀공이 이를 몸으로 실천한다면, 틀림없이 조선을 주름잡는 거상이 될 것이오."

"틀림없이 이행하여 어르신을 실망시키지 않는 상인이 되겠습니다."

"좋소, 좋아! 하하하……! 선재(仙才)라, 선재(仙才)! 핫핫핫……!"

병호를 뛰어난 재주를 가진 사람이라 평한 임상옥은 급히 잔 받침대에 고인 술을 마시고는 직접 병호에게 잔을 내밀며 말했다.

"내 술 한 잔 받소."

그의 말에 병호는 나이 많은 두 사람을 위해 잠시 사양하다가 어른이 권하는 술을 마다하는 것도 예의가 아닌지라 끝내는 잔을 받아들고 감사를 표했다.

"감사합니다. 어르신!"

곧 임상옥이 손수 친 잔을 받은 병호가 한 잔 술을 다 비우고 입가심으로 안주 한 첨을 집어 드는데 밖에서 말소리가 들려왔다.

"들어가도 되겠습니까? 어르신!"

"그래, 어서 들어오너라!"

임상옥의 허락이 떨어지자 곧 문이 열리며 한 사람이 방안으로 들어왔다. 이에 병호가 유심히 살펴보니, 단단한 체격을 지닌 중키의 사내로 눈매가 임상옥 못지않게 예리하게 생긴 사십대 중반의 사내였다.

"만상(灣商)의 대행수 박수형(朴水衡)으로 내 후계자이기도 하오."

임상옥의 소개에 세 사람은 분분히 일어나 그와 인사를 나누었다. 그러는 동안 또 하나의 주안상이 들어오고, 이때부터 다섯은 함께 어우러져 술판을 벌이기 시작했다.

그런 중간에 박수형이 병호에게 물었다.

"평안도 일대에 염전용지를 물색하러 다닌다는데 그게 사실이오?"

"그렇습니다."

"혹시 우리 만상과 염전을 합작할 의향은 없소?"

소란스러운 가운데에서도 이 말을 들었는지 임상옥이 박수형에게 점잖게 꾸짖었다.

"수형아, 어찌 남이 다 차려놓은 밥상에 숟갈을 얹어 놓으려 하느냐? 내가 그렇게 가르쳤든?"

"죄송합니다. 어르신!"

곧 사과한 박수형이 재차 물었다.

"그럼, 혹시 다른 사업이라도? 소문을 들으니 보통 수완가가 아니라는 말을 들어서 말이오."

"바라던 바요. 제철사업은 어떻겠소?"

"야로소(冶爐所)를 운영하잔 말이오? 그건 큰돈이 안 될 텐데. 합작으로 하기에는 규모도 작고."

"아니오. 내가 말하는 것은 대형로를 말하는 것으로 그것도 하나가 아닌 여러 개를 지어 본격적으로 철을 생산하여 연관사업을 발전시키자는 것이오. 잠시 실례하겠소."

말을 하던 도중 잠시 자리를 뜬 병호는 다른 방에서 대접을 받고 있던 김수철을 일행에 합류시켰다. 그리고 그가 함께 하루 종일 그린 바 있는 대형 용광로의 모습을 다중에게 펼쳐 보여주었다.

그림을 본 모든 사람들이 놀라 입을 다물지 못하고 있는데 급히 정신을 차린 박수형이 병호에게 물었다.

"아! 정말 이렇게 큰 용광로의 제작이 가능한 것이오? 그리고 이 로에 바람을 불어넣는 역할을 하는 것 같은 풀무, 아니 풀무라기에는 좀 이상하고, 아무튼 이것은 또 어떻게 혼자 돌고 있는 것이오?"

이에 빙긋이 웃으며 병호가 답했다.

"물론 가능하니 그림으로 그렸지 않겠소? 어떻소? 이 정도 크기면 이 용광로에서 뽑아내는 철도 엄청나지 않겠소?"

"물, 물론이오. 헌데 설령 이렇게 기계와 로를 만들어 다량의 철을 만들어낸다 칩시다. 문제는 이 철을 어디다 소화시키는 것이냐는 것이지요?"

"기존 세상에 없던 신비로운 제품을 만들어낸다면 그 유익함에 세상 사람들이 안 쓰고는 못 배길 것이오. 예를 들면 파이프라든지 나사못, 볼트너트, 지금보다 훨씬 강도가 센 탄소강 제품, 그 굵기가 다양한 철사와 철망, 여타 '산업의 쌀'이라 할 수 있는 철로 만들 제품은 무수히 많으니, 생산량을 걱정해야지 그 쓰임을 걱정할 필요는 절대 없을 것이오."

병호의 설명을 알아듣지 못한 모든 사람들이 어안이 벙벙한 얼굴로 그의 이야기가 끝났어도 여전히 그의 입만 주시하고 있었다. 이에 병호는 전기가 하루 종일 그린 바 있는 새로운 그림을 하나 펼쳐 보여주었다.

"아⋯⋯!"

그림을 본 모든 이들의 입이 또 한 번 쩍 벌어졌다. 거의 대부분이 태어나 처음 보는 물건들이었기에 그 형상의 기이함에 모두 놀란 것이다.

그런 그들에게 병호가 서슴없이 그 용도를 하나하나 설명하니 장내의 모든 인물들의 눈이 커질 대로 커짐은 물론, 병호를 마치 다른 별세계에서 온 사람인양 취급하며 질문조차 하지 못했다.

그런 가운데 임상옥이 입을 열었다.

"내 귀공을 너무 작게 평한 것 같소. 이는 실로 조선의 거상이 아니라 세상을 주름잡는 일대의 거부가 되어, 세상을 발치 아래로 내려다볼 크나큰 재목 아닌가. 아, 하하하! 좋다, 좋아!"

"합작을 합시다."

스승의 평이 아니더라도 회가 동한 박수형이 달려들자, 그의 조바심을 더욱 이끌어내기 위함인지, 아니면 임상옥의 기분이 그 어느 때보다 좋은 것 같아서인지 병호는 갑자기 화제를 전환했다.

"어르신 혹시 청국으로 장사 가셨다가 재미난 일화가 있으면 한 토막 들려주시죠?"

그가 이런 이 이야기를 끄집어 낸 것은, 그의 사십 대 초반 시절 그가 변무사(辨誣使)를 수행, 청나라에 갔을 때, 연경 상인의 불매동맹(不買同盟)을 교묘하게 깨뜨리고, 원가의 수십 배에 팔아 막대한 재화(財貨)를 벌어들인 무용담이 아닌, 바로 그가 듣고자 한 이야기였다.

이에 그의 이야기가 진행될수록 병호는 내심 회심(會心)의 미소를 짓고 있었다.

아버지를 젊어서 여읜 후, 빚더미에 올랐던 임상옥은 빚을 갚기 위해 만상 홍득주의 밑으로 들어가서 밑바닥부터 시작했다. 의주의 풍속은 사람을 고용하면 품삯은 몇 해가 지나도 한 푼도 지급하지 않았다. 다만 5년이나 10년을 겪어보고

싹수가 있어 보이면 독립시켜 장사를 해보도록 뒷받침해 주었다.

사람이 성실하지 못하면 새경은커녕 맨몸으로 쫓겨나기 십상이어서 주인의 눈에 들기까지는 온갖 고생을 무릅써야 했다. 아무리 궂은일이라도 싫다 않고 다 해야 하며 걸핏하면 일 잘못한다고 인정사정없이 꾸짖는 꾸지람도 감수해야 했다.

그 후에야 점주(店主)가 몇 천 냥을 떼어주어 이른바 문상(門商)이 되게 해주게 그들의 관습이었다. 임상옥도 이런 과정을 고스란히 겪었다. 다른 점이 있다면, 유난히 성실했고 머리가 좋았던 임상옥이 주인에게 신임을 얻어 남들보다 빨리 문상이 될 수 있었다는 점이다.

사람 보는 눈이 남다른 홍득주의 눈에 들어 3년 만에 문상이 된 임상옥은 드디어 중국에 첫 발걸음을 떼게 되었다. 그는 감회가 새로웠다. 사실 그에게 이번 중국길이 처음은 아니었다. 아버지를 따라다니며 장사를 배울 때 몇 번 오간 적이 있었던 것이다. 그때는 이런 어엿한 문상이 아니라 그저 보따리장수였지만.

아무튼 북경에 도착한 임상옥은 잠시 휴식을 취한 후 북경 시가를 구경하러 나갔다. 모처럼 온 길인데 그냥 방 안에서 보내는 것은 시간이 너무 아까웠기 때문이었다.

그렇게 임상옥이 발길 닿는 대로 돌아다니며 구경하고 있는데, '만금루(萬金樓)'라 써 붙인 어느 청루(靑樓) 편액(扁額)이 눈에 띄었다. 그는 지나가는 중국 사람을 붙잡고 물었다.

"주인이 그렇게 돈이 많다는 것이오, 아니면 다른 뜻이 있는 것이오?"

"새로 나온 기생이 하나 있는데 정녕 절세가인이라 하오. 그 여자를 사는 데 만금을 내라는 거요. 그러나 실제로 만금을 내라는 것은 아니고 그만큼 많은 돈을 내야 한다는 말이오."

그는 혼자 가만히 생각해 보았다.

'얼마나 미인이기에 저런 돈을 내라고 하지?'

가까이 할 곳이 못 된다고 여기고 물러나오다가 임상옥은 혼자 부아가 났다.

'에라, 저들이 우리를 소국인(小國人)이라고 노상 깔보는데, 저런 기생을 먼저 사서 지내면 저들의 기를 한번 꺾어놓을 수 있겠지. 나 같은 사람이야 고국에 돌아가서 또 한 10년간 남의 고용살이 점원 노릇을 하면 그만이겠거니와, 그렇게 되면 저들이 우리나라 사람들을 대하는 눈초리가 달라지겠지. 어디 큰 도박이나 한번 해보자꾸나.'

마침내 그 청루를 찾아가 가진 돈을 다 던져주고 방에 들어갔다. 과연 여자는 매우 아름다웠다. '절세미인이란 이런 여자를 두고 말하는 구나!'라는 생각을 했다.

그러나 임상옥은 그 여자에게 편히 자라 일러두고 자신은 하룻밤 내내 혼자 술잔만 기울이며 옆에 있었다. 그뿐이었다. 그러더니 다음 날 아침까지 그 여자의 몸에 손도 대지 않고 그냥 일어섰다. 내키지 않았기 때문이었다. 그는 그냥 그렇게 여자를 자유롭게 보내 줄 생각이었다.

다음 날 아침, 그 여자가 눈물을 글썽이며 그냥 일어나려는 임상옥을 잠시 붙들고 말했다.

"대인(大人)께선 소녀를 살려주신 은인이십니다. 존함이나 소녀에게 일러주사이다."

임상옥은 어찌 할까 잠시 머뭇거리다, 성명만 알려주고 홀홀히 맨손으로 고향에 돌아왔다. 그리고 그는 사람들에게 바보 어리석은 놈 취급을 받았다. 고향 의주 사람들이 모두들 허튼 짓을 했다고 그를 나무랐던 것이다.

그런 많은 돈을 그 곳에 쓰고 온 것도 어리석었지만, 그 많은 돈을 주고도 그냥 나온 그를 이해하는 사람은 아무도 없었다. 아니 모두 믿지 않는 눈치였다. 그 후 임상옥은 또 다시 오랫동안 고생을 하게 되었다.

하룻밤 청루에서 미녀를 앞에 놓고 뜬 눈으로 밤을 새운 대가는 아주 무서웠다. 그가 남의 집 고용살이라도 들어가려면 청루에다 돈을 내다버린 허랑한 사람이라고 아무도 발을 붙여주지 않았던 것이다.

그렇게 세월이 흘러흘러 가난과 수모와 후회로 얼룩진 10년 세월이 흘러간 어느 날이었다. 중국에 문상으로 나갔던 어느 점주가 선물 꾸러미를 잔뜩 싣고 임상옥을 찾아왔다.

"나 같은 사람을 어인 일로 찾아왔나?"

"내 이번 연행 길에서 기이한 인연이 있었지."

그렇게 시작한 그의 이야기는 값나가는 중국 비단과 보화를 풀어놓으며 북경서 가장 장사를 크게 하는 제일 갑부가 임상옥의 안부를 묻는다는 것이었다.

"그자가 어찌 먼 변방의 나 같은 사람을 알 리가 있나?"

"아닐세, 다음 사신이 북경에 올 때엔 자네를 꼭 안동(眼同)해 오라고, 나뿐만 아니라 다른 여러 사람에게도 신신당부를 했네."

마침내 임상옥은 다음 사신을 따라 중국 상인이 보낸 밑천을 가지고 문상의 자격으로 북경에 도착했다. 그리고 사람들을 따라 그 거상(巨商)을 찾아갔더니 십년지기를 대하는 것보다 더 반갑게 맞으며 상빈(上賓)으로 모셨다.

고대광실로 인도하는데 정원에는 기화요초가 눈을 현란케 하고 은은한 음악 소리가 황홀한 가운데 깊숙한 분벽사창에 들어서니 고귀한 향기가 사람 사는 곳이 아닌 양 느껴졌다.

영문 모르고 어리둥절 상좌에 좌정하니 진수성찬 산해진미의 주안상이 들어오고, 금잔에다 이름 모를 고귀한 향취의 술을 따라 권했다. 이윽고 성장한 절세미인이 머리를 조아려 공손히 절하며 말했다.

"대인께선 소녀를 기억하시나이까?"

여전히 임상옥이 어리둥절한 얼굴로 그녀를 바라보자 그녀는 10년 전 청루의 그날 밤을 얘기하며, 그 큰 도량과 고마움에 새삼 눈물지으며 그간의 일을 이야기 했다.

그 여자는 그날 이후 임상옥 덕분에 자유의 몸이 되어 청루에서 벗어날 수 있었고, 지금의 거부를 만나 그의 소실이 되었고, 아들을 낳아 정실부인이 되었다고 한다.

그녀는 늘 자신의 남편에게 10년 전의 그 일을 이야기 하며 은인을 찾고 싶다고 말해왔는데 이제야 다시 만났다는 것이다. 그녀는 임상옥에게 한없이 감사를 표했다. 그리고 그때 임상옥이 치렀던 돈의 10배에 달하는 큰돈을 그에게 주었다.

"이 돈은 비록 얼마 되지 않으나 대인께서 소녀에게 갚아준 돈의 이자에 지나지 않으니, 그 은혜는 또 따로 갚을 도리를 생각했나이다."

말이 끝나자 그녀는 바로 그 자리에서 자신의 남편인 거상에게 이야기하여 독점 거래를 트게 해주었다.

임상옥의 인생이 크게 변하는 순간이었다. 임상옥은 그 후 이 돈으로 중국을 드나들기 몇 해 만에 마침내 만금을 희롱하는 거부가 되었던 것이다. 이 이야기를 끝까지 경청한 병호가 조심스럽게 질문을 했다.

"혹시 그 거상이 누구인지 들을 수 있을까요?"

"어험, 그로 말할 것 같으면 현 진상(晉商)의 용두방주(龍頭幇主)인 교진청(喬進淸)이라는 사람이오."

"용두방주라 하면……?"

신관호의 물음에 임상옥이 미소 띤 얼굴로 답했다.

"중국에는 유명한 삼대상인 집단이 있소. 진상(晉商)과 휘상(徽商), 절상(浙商)이 그들이오. 우리나라로 치면 송상이나 만상, 경상과 같은 것인데, 그 상인의 우두머리 즉 우리나라로 치면 대행수를 그들은 그렇게 부른다오."

여기서 임상옥이 말한 진상(晉商)은 중국의 삼대 상인의 하나인 산서상인(山西商人)을 말하는 것이다. 좀 더 구체적으로 말하면 산서(山西)와 섬서(陝西) 양성(兩省) 출신의 상인 및 금융업자를 말하는 것이다.

명청(明淸) 시대에는 남방의 신안(新安)상인과 더불어 중국 상업계의 2대 세력을 이루었다. 그들은 처음에 명조(明朝)의 몽골 방위에 대한 군량의 수송을 맡아 큰 이익을 얻었으며, 다시 염상(鹽商)으로서 강회(江淮)로 진출하여 거만(巨萬)의 부(富)를 쌓았다. 한편 미곡(米穀) 중개업, 면포, 견직물 및 각종 기업을 경영하여 화중(華中) 화북(華北) 지방에서 요동(遼東)에 걸친 거의 전국에서 활약하였다.

명나라 멸망 후에는 청조(淸朝) 정부와 밀접한 관계를 맺고, 표호(票號: 환업),전포(錢鋪: 전장) 등 금융업을 독점하였다. 활동지역도 북경(北京)을 중심으로 화북 화중 지역까지 미쳤으며, 동향의식(同鄕意識)에 의해서 굳게 단결하여 동향동업(同鄕同業)의 회관을 많은 지방에 건립하고 근거지로 삼았다.

또 원 역사에서 진상(晉商)은 8국 연합군이 원명원(圓明園)을 불태운 후 중국정부에 배상금을 요구할 때, 정권을 잡고 있던 서태후(西太后)가 진상(晋商)의 교가(?家)로부터 돈을 빌리려고 했을 정도로 진상(晋商)의 경제력은 막강했다. 여기서 말한 교가(喬家)가 곧 임상옥이 말한 교진청의 가문이다.

또 휘상(徽商)은 명청(明淸) 시기 안휘성(安徽省) 휘주부(徽州府) 지역에 적을 둔 상인(商人) 혹은 상인집단의 총칭으로 신안상인(新安商人)이라고도 하며 속칭 휘방(徽幇)이라고도 한다.

또 하나 절강상인(浙江商人)은 12세기부터 절강성의 긴 해안선을 기반으로 무역 활동을 전개해 치부한 상인들로, 특히 온주(溫州)상인으로 대표되는 절강상인은 '중국의 유태인'으로서 불려지기도 한다.

아무튼 임상옥의 말이 끝나자 잠시 실내에 정적이 감돌았
다. 때는 이때다 싶었는지 만상의 대행수 박수형이 병호에게
말했다.

"우리와 철에 관한한 일체를 합작하시겠습니까?"

"헴, 헴, 그보다 어르신!"

확답을 피한 병호가 임상옥을 불렀다.

"말씀하시게."

임상옥의 말이 떨어지자 병호는 급히 그 앞에 부복해 고했
다.

"진상의 용두방주께 전할 수 있도록 소개장 한 장만 써주시
면 안 되겠습니까?"

"자네는 우리가 원하는 것에 대해서는 회피하며 자네의 이
득만 챙길 셈인가?"

비록 지금은 상계에서 은퇴해 후계자인 박수형에게 모든 것
을 물려주었지만, 상인 본래의 면목으로 돌아가 힐난하는 임
상옥의 말에 병호가 어색한 헛기침을 흘리며 그에 대한 답변
을 했다.

"거기에는 까닭이 있습니다. 시생의 지식이야 그림에 그린대
로입니다만, 실제 이를 현실에 구현하는 데는 많은 문제점이
따릅니다. 따라서 이를 확실히 담보하기 위해서는 오랜 기간
이 분야의 기술을 축적하고 있는 나라들의 기술자들이 필요

합니다."

"하면 그 기술자들을 데려와야 된다는 말인가?"

"그 방법도 있고 제휴 또 시일은 좀 걸리겠습니다만, 유학생을 파견하여 조선인이 익히는 방법도 있습니다. 또 우선은 소규모로 시작을 하여 여건이 성숙되면 대규모 철 관련 산업을 일으키는 방법도 있습니다."

"흐흠……!"

임상옥이 침음하며 생각에 잠기자 병호가 다시 말했다.

"전자에 대해서는 이미 계획이 다 서 있습니다. 따라서 차근차근 진행하되 그 용지 선정부터 시작해 그 용지 등 모든 것을 이를 감안해 미리미리 준비해 두는 게 장래를 고려하면 여러모로 유리할 것 같습니다. 그때를 당하여 허겁지겁 모든 것을 준비하려면 시간과 비용 모든 면에서 많은 낭비가 있을 것입니다."

"좋네. 자네의 재주를 보아하니 그런 가능성은 충분히 있어. 하니 일단 그렇게 착수하는 것으로 하고, 소개장도 그래. 내 자네의 재주야 인정하겠지만 사람 됨됨이에 대해서는 아직 확실히 모르잖은가? 따라서 내게도 좀 더 시일이 필요하네."

임상옥의 완곡한 거절에 병호는 내심 씁쓸한 미소를 지으며 말했다.

"그럼, 지금부터는 고본에 관해 논의를 했으면 좋겠습니다."

병호의 말에 임상옥이 더는 관여하지 않겠다는 듯 턱으로 박수형을 가리켰다.

이에 병호는 이때부터 그와 상의하여 오랜 실랑이 끝에 6：4의 비율로 지분출자를 하기로 하고, 우선은 각각 12만 냥과 8만 냥을 내어 고본계부터 결성하기로 했다.

그리고 이들의 첫 사업으로는 자본 출자가 이루어지고 인정구성이 마무리되는 대로 그 용지의 물색에 들어가기로 했다. 물론 여기서 병호가 6의 지분을 갖기로 합의가 되었다. 이 모든 것이 끝나자 그때부터 식사와 함께 술자리가 새롭게 이루어졌다.

이튿날.

임상옥의 집을 떠나오며 병호는 만상 대행수 박수형에게 말해, 아직 고본계의 면모를 갖추기 전이지만 관련 기술자를 파견하여, 제철소 후보지로 송림군(松林郡) 일대를 세밀하게 조사해 줄 것을 제안해 그의 내락을 받았다.

송림(松林) 하면 근대적인 면모의 제철소로서는 우리나라에서 제일 먼저 들어선 곳으로 유명한 곳이었기 때문에 병호는 또렷이 기억하고 있었다. 지리 시간에 각 지방의 특산물과 산업을 배우는 시간이면 나오는 곳으로, 지리부도로 찾아보기까지 해서 지금도 잊을 수 없는 곳이었다.

　아무튼 병호는 한양으로 돌아가며 내심 반성을 했다. 조선이 열강의 시달림을 받기 전, 아니 왜의 침략 야욕이 본격적으로 전개되기 전 조선의 부흥을 이끌어내기 위해 모든 것을 서두르다 보니, 자신이 지금 무모한 계획들을 추진하고 있는 것이 아닌가 하는 반성과 함께, 보다 계획을 세밀하게 다듬을 필요성을 새삼 절감한 의주행이었던 것이다.

제4장
지성(至誠)

병호가 의주를 방문한 지 약 한 달이 흐른 4월 8일.

숭유억불 정책으로 비록 조선의 불교가 쇠퇴하긴 했지만 아직도 많은 부녀자들은 초파일을 맞아 절을 찾는 이날. 여의도 백사장은 수만의 인파로 인산인해를 이루고 있었다.

병호가 사장으로 있는 조양물산에서 오늘 이 장소에서 전국의 장인을 모집한다는 광고에 응해 모인 사람들이었다. 이 수만의 인파 중에는 정말 기술을 지닌 장인도 있었지만 춘궁기를 맞아 어떻게 일자리 하나라도 꿰찰까 싶어 찾아온 사람들이 더 많았다.

여기에 이 기회를 놓칠세라 약삭빠른 장사치들도 가세하니 정말 여의도 백사장은 발 디딜 틈이 없을 정도로 수많은 사람으로 넘쳐났다. 병호는 이 모든 것을 예상하고 이를 주관하는 총무부장 오민에게 사전에 지침을 내린 바 있었다.

첫째 만반의 준비를 갖춰 몇 날 며칠이 걸려도 반드시 장인만을 선발할 것.

둘째 선발된 장인 중 일부를 여의도 맞은편 현 압구정에 마련된 10만 평의 용지에 우선 배정하여, 500명 규모의 숙사 및 여타 시설을 단오까지 완공할 것.

셋째 인왕산의 행궁 및 요정 공사에는 오백 명만 배정하고 나머지 장인은 모두 8개 염전에 배정하여, 우선 공사에 필요한 장비 및 단오에 모집할 역부들의 숙소를 짓는데 최우선을 둘 것 등이었다.

이렇게 되어 삼 일째 날인 10일에도 장인을 가려 뽑는 선발 작업이 계속되고 있는 이날 밤이었다. 막 이경(二更)으로 접어드는 야심한 시각 정보부장 이파가 급히 병호를 찾았다.

"저가!"

막 잠자리에 들려던 병호는 이파의 심상치 않은 음성에 급히 일어나 대충 옷을 꿰고 촛불에 불을 밝혔다. 그리고 물었다.

"무슨 일이오?"

"아무래도 조정의 동태가 심상치 않사옵니다."

"그래요? 일단 들어오시오."

"네, 저가!"

곧 문이 열리며 이파가 방 안으로 들어섰다. 곧 아랫목으로 그를 부른 병호는 다급해 보이는 신색의 이파와 달리 느긋한 표정으로 말했다.

"사장으로 통일해 부르라 하지 않았소?"

"아, 네!"

지금 그게 중요한 것이 아니라는 듯한 표정의 이파가 급히 말했다.

"내일 모레면 그간 처형을 미뤄왔던 천주교인들을 대거 처형한답니다."

"남병철이 전하는 말에 따르면, 형조판서 조병현이 3월 20일 날 대왕대비께 보고하길, 포청에서 형조로 이송된 천주교인은 43명인데 그중 15명이 배교하여 석방되었고, 28일에는 나머지 중에 11명이 배교하였고, 이어 현재 또 5명이 배교하였답니다. 그러나 남명혁(南明赫), 박희순(朴喜順) 등 9명은 끝내 굴복하지 않아, 이틀 후인 4월 12일에 모두 서소문 밖 네거리에서 일괄 처형키로 대왕대비의 윤허까지 득해놓은 상태랍니다."

"흐흠……!"

겉으로는 생각하는 척 침음하고 있었지만 병호의 내심은

드디어 때가 도래했다는 심정으로 오히려 반가운 마음까지 들었다. 그러나 표정은 다급한 척 꾸며 급히 지시를 내렸다.

"문이 닫히기 전 어서 파발을 띄워 송상의 대행수 공영순에게 급히 내가 만나자는 전갈을 전하시오. 시기는 빠르면 빠를수록 좋다 하고."

"네, 사장님!"

이파가 급히 방을 빠져나가자 병호는 바로 쪽문을 통해 김좌근의 거처로 찾아들어 반 시진 가까이 논의를 거듭했다. 그리고 집으로 돌아온 병호는 그때부터 무언가 밤새 장문의 내용을 기사(記寫)하기 시작했다. 그리고 삼경이 지나서야 잠이 들었다.

이어 다음 날 병호는 바로 이웃한 즉 자신이 살던 바로 이웃집을 방문해, 아직도 수업을 받고 있는 학생 30명 전원을 차례로 개별 면담했다.

병호는 이 과정에서 학생들 하나하나의 적성을 파악하는데 주력했는데, 특히 용기와 모험심이 뛰어난 학생 두 명을 선발하는데 고심했다.

그리고 이 모든 것이 끝나자 학생 전원을 불러놓고 애국심을 고취하는데 많은 시간을 할애했다.

이 모든 것이 끝나자 그는 또 오전의 면담을 토대로 각 학생들의 인적 사항과 함께 그들의 지식의 정도와 적성 또는 관심 분야 등을 명기한 글을 별도로 오랜 시간 공들여 작성했다.

다음 날 새참 무렵.

기다리고 기다리던 송상의 대행수 공영순이 병호의 거처를 찾아들었다. 이에 반갑게 인사를 나눈 병호는 그가 자리를 잡자마자 대뜸 물었다.

"가장 빨리 오는 당선이나 이선은 언제쯤 도착하오?"

"지금 무슨 소릴 하는지 모르겠소이다."

"아, 내가 너무 성급했군요. 사실은 이렇소이다."

"들었는지 모르겠지만 오늘 서소문 밖에서는 끝내 배교하지 않은 9명을 공개 처형한다 하오. 이는 아시다시피 3월 사학토치령(邪學討治令)이 내려진 이래 일관된 저들의 천주교 탄압이지만, 그 이면에는 시파(時派)인 안동 김씨의 세도를 빼앗으려는 벽파(僻派) 풍양 조씨의 기도인 바, 우리도 알면서 당할 수는 없는 노릇 아니오. 따라서 나는 저들의 의도를 역이용하여 일대 반격을 가하려 하오. 그러자면 이 땅에 들어온 신부나 중요 인물들이 잡혀서는 안 될 것이오. 따라서 나는 이들을 모두 다시 국외로 내보내거나 피신시켜, 저들의 기도를 원천 봉쇄하려 하오. 또 내가 일찍이 가르친 학생 30명도 있는데 이들을 이참에 유학 보내, 조선의 발전에 크게 쓰고 싶소. 하니 도와주면 감사하겠소."

"흐흠……!"

병호의 말에 한참동안 이해득실을 가늠하던 공영순이 물었다.

"정작 내가 도울 마음이 있더라도 저들이 김 사장의 제의를 거절하면 만사휴의 아니오?"

"그 문제는 내가 책임지고 모두 이 땅에서 떠날 수 있도록 할 것이니, 가급적 빠른 배편을 부탁하오."

"흐흠……! 상당히 위험한 일이긴 하나 우리 송상의 입장에서도 김문이 정권을 잡는 것이 모든 면에서 유리하므로 협조를 하겠습니다만, 아무리 가장 빠른 배라도 이달 그믐까지는 기다려야 하오."

"고맙소!"

새삼 감사를 표한 병호가 물었다.

"한 40명 내외일 것인데 이 인원이 모두 승선 가능하겠소?"

"모두 세 척이므로 가능은 할 것이나, 그렇게 되면 아무래도 험, 험… 홍삼을 더 적게 실을 수밖에 없으므로……."

"그에 대한 손해는 내 특별히 보전해 주리다."

"그렇게까지 나오신다면……."

"혹시 그 배가 어느 나라 배인지도 알 수 있겠소?"

잠시 망설이던 공영순이 답했다.

"월남(越南) 선박이오."

공영순의 대답이 자신의 예상과 다름없음에도 불구하고 병호는 시침을 뚝 떼고 거푸 물었다.

"월남? 그들이 왜……?"

"월남의 당금 황제(?)인 민망 황제께서는 홍삼을 선약(仙藥)으로 아시어, 당신이 장복하는 것은 물론, 이를 대규모로 사들여 중앙 및 지방의 고위 관료들에게까지 병 치료나 노부모 선물용으로 하사하고 있답니다."

그의 말에 병호가 확인차 하나의 의문을 제기했다.

"광주에서 구입할 수도 있는 것 아니겠소?"

"광주로 내려가는 홍삼의 양이 얼마 안 되는 데다, 우리와 직거래를 하면 훨씬 싸게 먹히는 것을 알고, 꽤 오래 전부터 선편을 보내오고 있소."

"하면 조정에서 말하는 이선(異船)이 바로 월남 배겠군요."

"아마도 그럴 것입니다."

"좋은 정보 감사하오."

이후 둘은 천주교 요인들과 학생들을 밀항시키기 위한 구체적인 논의에 들어갔다.

그로부터 반 시진 후.

병호는 공영순이 떠나자마자 바로 쪽문을 통해 김유근의 거처를 찾아들었다. 보고 받은 대로 아직도 유진길이 있자 잠

시 김유근의 병세를 묻고 답한 후, 유진길을 데리고 밖으로
나갔다.

　김유근의 방과 멀리 떨어진 아무도 없는 곳에 오자 병호는
대뜸 유진길을 보고 물었다.

　"당신도 오늘 권득인(權得仁) 이녀(李女) 등 아홉 명이 서소
문 밖에서 처형된다는 사실을 들어 알고 있을 것 아니오?"

　"그렇소."

　"그런데도 아직 왜 우리 가문에 남아 있소?"

　"아직 세례 전이라……."

　"당신 아예 우리 집안을 멸문시킬 작정이오?"

　"지금 무슨 소릴 하는 게요?"

　"아이고, 이 답답한 양반아, 저 조씨들이 당신이 이 집에 칩
거하고 있는 것을 모른 줄 아시오? 내가 볼 때는 당상역관인
당신의 지위와 큰 아저씨의 배경 때문에 잠시 머뭇거리는 것
이지만, 곧 저들의 마수가 이곳으로 뻗칠 텐데, 그렇게 되면
우리 가문이 과연 어떻게 되겠소?"

　병호의 말과 같이 유진길이 비록 정삼품 당상 역관이나 그
는 전혀 그의 지위를 고려치 않고 거세게 몰아붙이고 있었다.

　"그야……."

　"당장 이 집에서 나가시오."

　"정말 보자보자 하니 너무 하는군."

병호의 예의 없는 힐난에 유진길도 드디어 뿔이 났는지 얼굴이 붉어질 대로 붉어지며 씩씩거렸다.

"내 정하상(丁夏祥), 조신철(趙信喆), 아니 앵베르(Imbert)주교까지 고변을 해야 이 집을 떠나겠소?"

병호의 입에서 깜짝 놀랄 만한 인물들의 이름이 쏟아지자 흠칫한 유진길이 한풀 꺾인 음성으로 물었다.

"내가 이 집에서 나가기만 하면 되는 것이오?"

"아니오. 아예 조선을 떠나주시오."

"무슨 말도 안 되는 소릴!"

"당신들이 순교를 하는 것까지는 좋으나, 그것이 빌미가 되어 우리 가문에서 풍양 조씨에게로 완전히 세도가 넘어간다는 생각은 안 해보았소?"

"험, 험……!"

그가 인정을 하는지 계면쩍은 얼굴로 헛기침만 연발하고 있자. 병호가 이제는 한결 부드러운 낯빛과 음색으로 달래기 시작했다.

"당신들이 정말 내 말대로 조선을 떠나준다면 우리는 저들이 쳐놓은 그물에서 빠져나와 일대 반격을 가할 것이오. 내 말 무슨 말인지 알아듣지요? 만약 앵베르를 포함한 세 명의 신부와 함께 당신과 같은 조선 교구의 중요 인물들이 일제히 나라를 빠져나가, 저들이 헛손질만 하고 있으면 우리는 이를 기화로 맹공을 퍼부어, 보다 당신들에게 관용적인 우리가 계속 정권을 잡게 됨으로써, 당신들에게도 크게 유리한 국면이 조성되는 것 아니오? 그때 가서 당신들이 다시 귀국을 한다면 눈감아 줄 의향도 있고, 기왕 나라를 떠나는 길이라면 우리 가문과 나라를 위해 몇 가지 좋은 일을 해주었으면 좋겠소."

"당신의 말은 충분히 알아들었소. 하지만 그런 중차대한 일은 나 혼자 결정할 수 없는 성질의 것이 아니오."

"나도 그 점은 인정하니 그럼, 이렇게 합시다."

이렇게 운을 뗀 병호는 그 문제에 대해 그와 함께 한동안 논의를 거듭했다. 그리고 병호의 말에 그가 승낙을 하자 그때부터 둘은 비밀 작전에 돌입했다.

그리고 이날 오후.

짐을 잔뜩 실은 마차 한 대가 병호의 집을 빠져나와 마포나루로 향했다. 그리고 마차를 따라붙는 사람이 아무도 없는 것을 몇 번이고 확인한 마부에 의해, 마차는 무사히 병호가 운영하는 마포 여각으로 빨려들 듯 들어갔다.

이어 마차는 주방 옆에 필요에 의해 새로 지어진 주부식용 창고로 들어갔고, 그제야 마차 짐 속에 은신해 있던 허름한 옷차림의 유진길이 나와 주방을 통해 주청으로 나왔다.

그로부터 삼 일 후.

정조에 의해 새로 조성된 수원으로 통하는 관도 상에는 병호를 비롯한 여섯 명의 인물이 길을 걷고 있었다.

병호 외에 두 명의 무사, 그리고 유진길, 정하상, 조신철 등이 그 일행이었다. 그런데 그들은 조금 거리를 두고 걷고 있었고, 유진길 등 삼 인은 모두 패랭이를 쓴 상인 차림에 등짐을 지고 있었다.

또 이 외에도 두 명의 무사가 50장 이상의 간격을 두고 병호의 전후에서 면밀히 전후방을 살피며 동행하고 있었다.

병호와 동행하는 이들이야말로 조선 교구에서 지대한 역할을 하고 있는 인물들이었다. 금년 49세의 역관 유진길은 서울의 역관(譯官) 집안에서 태어나 학문에 뜻을 두고 많은 서적들을 통독하던 중 '천주실의(天主實義)'를 읽고 천주교에 흥미를 느껴 교리를 터득한 뒤 입교하였다.

이때 성직자 영입 운동을 전개하던 정하상(丁夏祥)을 만나, 역관의 신분을 이용하여 북경교회와의 연락과 성직자 영입 운동에 참여하게 되었다. 1824년(순조 24) 동지사의 수석역관으로 북경에 들어가 세례를 받고, 그 뒤로는 북경교회와의 연락을 담당, 1826년 교황에게 성직자 파견을 요청하는 청원서를 북경주교에게 전달하는 등 전후 8차에 걸쳐 북경을 내왕하면서 조선교회의 사정을 알렸다.

그 결과 1831년 조선교구가 설정되고, 1834년 중국인 유방제(劉方濟)신부 이후, 모방(Maubant), 샤스탕(Chastan), 앵베르

신부를 맞아들인 수 있게 되어, 조선교회는 비로소 모든 조직을 갖춘 교회로 성장하기에 이르렀다.

한편 1836년에는 모방신부의 주선으로 마카오로 유학가게 된 김대건(金大建), 최양업(崔良業), 최방제(崔方濟)의 세 소년 신학생에게 출발하기에 앞서 중국어, 한문 등을 학습시키는 일에 일익을 담당했던 인물이었다.

또 정하상은 정약종(丁若鍾)의 둘째 아들로, 정약용(丁若鏞)의 조카이기도 했다. 1801년(순조1) 신유(辛酉)박해가 일어난 7세 때 부친과 형 철상(哲祥)이 순교했는데도 천주교 신자가 되어 교회 활동을 활발히 하였다.

1816년 동지사(冬至使)를 따라 북경에 가서 한국에의 신부 파견을 요청했고, 그 후 9차례나 북경을 내왕하며 신부 파견을 강력히 요청하는 한편, 로마 교황에게도 신부 파견을 호소하였다.

1826년 조선교회를 북경 교구로부터 분리시키는데 큰 기여를 했고, 김대건(金大建)을 마카오로 유학 보내는데 주동적인 역할을 한 인물이었다.

또 조신철은 5세 때 모친을 잃었고, 집안의 가산이 없어지자 절에 들어가 중이 되었다. 몇 년 후 환속한 그는 이집 저집 다니며 머슴살이를 하다가, 23세부터 서울 서소문 밖에 거주하며 동지사(冬至使)의 마부로 일하였다. 그리고 그렇게 모은 돈으로 아버지와 동생을 도와주었다.

30세경 정하상(丁夏祥)과 유진길(劉進吉)을 알게 되었고, 유진길에게 교리를 배워 입교하였다. 1826년에는 유진길과 함께 북경 천주당을 방문하여 세례를 받았다.

이후 조신철은 계속 동지사의 마부로 일하면서 북경교회와의 연락과 성직자 영입 운동에 깊이 관여했다. 애주애인(愛主愛人)하는 마음이 강하여, 궁핍한 사람들을 도와주고 선교 활동을 열심히 하였고, 특히 천주교를 받아들이지 않던 아내를 인내와 노력으로 입교시켜 선종(善終)케 하였다.

그리고 모방신부가 처음 지방에서 성사(聖事)를 줄 때에는 한국말이 서툰 신부를 도와 신자들이 성사를 받을 수 있게 하였다. 아무튼 원래의 역사에서 이들 삼인은 기해박해에서 모두 순교한다는 공통점이 있는 인물들이었다.

이런 중요 인물들과 이틀을 더 걸어 병호는 수원 양감(陽甘)이라는 동네의 한 와가에 은밀히 스며들 수 있었다. 때는 낮게 드리운 하늘에 어둠마저 몰려와 사랑채 켜놓은 불빛이 더욱 밝아 보이는 즈음이었다. 아무튼 이들의 등장에 집안은 졸지에 비상이 걸렸다.

병호가 거느린 네 명의 호위 무사가 집 안팎을 지키고 있음에도 불구하고, 주인 손경서는 안심치 못하고 하인 두 명을 더 밖으로 내보내어 주변을 감시케 했다. 그런 속에서 이 집

사랑채에서는 조선명 범세형(范世亨)인 앵베르 주교의 질책이
떨어지고 있었다.

"아니, 형제들은 기찰이 심한 이때에 어찌 떼로 몰려다니시
오?"

어눌한 조선말이었지만 그의 뜻만은 분명했다. 이에 병호를
그에게 소개시킨 바 있는 유진길이 대표로 나서서 저간의 사
정을 전했다.

"안동 김문을 대표하는 김 사장의 말이 분명 일리 있어 협
의차 찾아뵈었습니다. 주교님!"

공손한 유진길의 말에 벽안의 신부 앵베르의 시선이 자연스
럽게 병호에게 향했다.

"주교께서 이 집에 은신해 있다고 해서 절대 안전한 것이
아니요. 저들이 사학토치령으로도 소기의 목적을 달성하지
못하면, 조만간 그보다 더욱 강도가 센 척사윤음이 반포될 것
이며, 이는 오가작통법을 더욱 강화시키는 효과가 있을 것이
오. 하면 어떻게 되겠습니까? 이 집을 예로 들면 이 집을 기준
으로 다섯 집이 서로 감시하게 되어 있는 바, 만약 이 집에서
주교님이 체포되거나 하면 발고하지 않은 네 집 또한 한 묶음
이 되어 처벌을 받게 된단 말입니다. 따라서 그 연좌제가 두
려워서라도 주교님이 이곳에 은신해 있는 이웃집이 알게 되는
날이면, 이 집도 절대 안전하지가 않죠. 요는 주교님 이하 주

요 요인들의 순교로 끝나면 좋은데 그게 그렇지가 않죠."

여기서 잠시 호흡을 고르며 시시각각 변하는 앵베르 주교의 표정을 살피던 병호의 말이 이어졌다.

"천주교를 탄압하는 조씨 정권의 세가 더욱 강화되어 금년만이 아니라 수시로 천주교를 탄압할 것이니, 무슨 포교가 되며 신도가 남아나겠습니까? 하니 조선의 속담에 일단 소나기는 피하고 보라는 말처럼 국외로 일단 피신하는 게 좋겠습니다. 조선에 들어온 주교님을 포함한 세 명의 신부 여기에 조선 교구의 중요 인물들이 잠시 피신을 하면, 우리 김문에서는 저들의 성과 없음을 기화로 일대 반격을 가할 것이오. 그렇게 되면 김문의 세가 유지되어 보다 관용적인 정책이 지속되지 않겠소?"

"……."

병호의 말에 인상을 찌푸리며 한동안 생각에 잠겼던 앵베르 주교가 신색을 회복하며 엄숙한 어투로 말했다.

"어찌 조금 힘들다고 하느님의 사업을 중간에 포기하겠소?"

"뭐라고? 당신이나 서학인 모두가 순교하는 것은 좋은데, 그다음은 어떻게 되겠소? 당신들의 순교를 기화로 호시탐탐 기회를 노리던 당신네 나라 프랑스 세실 제독이 군함을 몰고 와, 우리 조선을 복속시키려 하지 않겠느냐 말이오? 그렇게 해서 우리 조선이 프랑스인가 불란서인가 하는 놈들의 노예가 되는 것이 진정 당신이 바라는 것이고, 조선 백성을 상대로 포교하는 당신의 태도요?"

흥분해 콧김까지 씩씩 뿜어내는 병호의 말에도 어이없다는 표정으로 잠시 병호를 바라보던 앵베르가 긴 한숨을 불어내며 말했다.

"휴……! 세실 제독은 절대 그럴 사람이 아니오."

"아니긴 뭐가 아니오? 벌써 프랑스가 그런 식으로 하여 베트남의 통킹만까지 접수한 사실을 정녕 모르고 있단 말이오?"

"……."

병호의 이 물음에는 답변이 궁색한지 그가 입을 꾹 다물고 있자 병호가 한 번 더 그를 압박했다.

"당신이 진정 조선인을 사랑한다면 당신네 나라 프랑스의 전위대가 되어, 우리 백성들이 노예가 되는 짓에 일조해서는 안 되지 않겠소?"

"휴……! 내 뜻은 분명 그런 것이 아닌데 저들은 분명 우리의 순교를 이용할 소지가 있는 것도 거짓말이 아닐지니, 참으로 괴롭소."

"하니 내 뜻을 수용해 주시오."

"잠시 시간을 주오."

머리를 감싸 쥐고 괴로워하는 그를 잠시 바라보던 병호가 한결 차분해진 목소리로 말했다.

"이보 전진을 위해 일보 후퇴를 한다 생각하고, 조선의 발전에 도움을 준다면 우리도 머지않아 당신네들이 바라마지 않는 개항을 분명할 것이오."

병호의 말에 고뇌하던 앵베르 주교가 반색을 하고 달려들었다.

"개항을 하겠다는 것은 곧 포교를 허용하겠다는 걸로 봐도 좋겠소?"

"조정에서 공식적으로 허용할 수는 없겠지만 탄압만은 않을 것이니, 묵시적 동의라 보아도 좋겠지요. 단, 거기에는 조건이 있소."

"그게 무엇이오?"

"그 안에 우리나라가 조속한 발전을 이루는 것이오. 해야 문을 열어도 우리가 남의 나라 식민지가 되는 불행한 일을 당하지 않을 것 아니오?"

"그 말도 일리가 있소. 그런데 그 기간이……?"

"짧게는 15년 길게는 20년!"

"너무 기오."

"흥! 아니면 9천 신도의 씨가 마르던지!"

다시 강경 자세로 돌아서는 병호의 말에 어리둥절한 표정으로 앵베르 주교가 물었다.

"그건 또 무슨 말이요?"

"정 당신이 내 말을 수용하지 않으면 우리 안동 김문마저 저들에 동조해 이 땅에 서학인들의 씨를 말리고… 아니, 그 자손들까지 연좌제로 엮어 산하가 온통 피로 물들 것이니, 이를 명심하고 선택하시오."

"끙……!"

선택의 기로에서 고민하는 그에게 병호가 이번에는 조용한 어투로 달랬다.

"주교님과 여러 신도분들이 진정 협조하여 조선의 발전을 앞당겨 준다면, 개항 시기도 10년으로 앞당겨질 수도 있으니, 진정 우리 조선 백성을 사랑한다면 주교님께 부디 제 뜻을 수용해 주시기 바랍니다."

말미에는 병호가 그의 앞에 경건히 엎드려 머리마저 조아리니, 코끝이 찡해진 세 사람이 딴청을 하고, 그 진정성과 열의에 감복한 앵베르 주교도 끝내는 병호의 손을 잡아 일으키며 물었다.

"내가 어떻게 도와주면 되겠소?"

"종전에 내가 말한 대로 세 명의 신부님은 물론 조선 교구 중요 간부들이 전원 피신을 하시는 것이오. 내 이미 밀항선까지 준비했음은 물론 서구 열강들로 유학을 떠날 30명의 학생도 준비해 두었소. 뿐만 아니라 신부님이 도와줄 세세한 내용도 기재해 두었소. 일례를 든다면 독일의 어느 화학자인지 모르지만, 성냥을 만들긴 만들되 안전성냥을 만들지 못해 고심하고 있는 그를 찾아 나와의 합작을 성사시켜 주고, 또 내가 선정해 놓은 유망한 두 아이는 저 남미의 아마존 지역으로 보내 그곳에 분포해 있는 라텍스 즉, 고무나무의 묘목이나 씨앗을 구할 수 있도록 도와주시는 것이오. 이뿐만 아니라 증기 기관차 제작 공장에 우리 아이들을 취직시켜 그 기술을 배울 수 있게 한다든지, 여타 등등 세세히 적어 놓은 것이 있으니 그대로 행해주시면 됩니다."

"참으로 당신은 주도면밀한 사람이군."

앵베르 주교마저 감탄을 터뜨리자 빙긋 웃은 병호가 물었다.

"한 번 더 발치에 무릎 꿇고 머리를 조아려야 허락하실 건가요?"

"당신의 나라를 위하는 마음도 갸륵하지만, 내 사랑하는 조선 백성들을 위해 잠시 뜻을 굽히고 당신의 뜻에 따르리다."

"고맙습니다! 주교님!"

병호가 신속히 다시 엎드려 감사를 표하자 너털웃음을 지은 앵베르 주교가 말했다.

"당신들이 말하는 양이들의 사정에 정통함은 물론 우리 조선의 신도 숫자까지 세세히 파악하고 있는 당신의 존재가 실로 놀랍소. 만약 조선에 당신 같은 위인이 한 명만 더 있어도 분명 조선은 짧은 시일 내에 발전해, 우리 프랑스와 어깨를 나란히 할 것이 확실하오. 그런 면으로 보아도 당신이 몹시 탐나는데, 형제부터 하느님을 영접하는 것이 어떻겠소?"

"만약 이 와중에 제가 천주교 신자라는 것이 토설난다면, 주교님이나 우리 조선의 발전을 위해서도, 이보다 불행한 일은 없을 것이니 양해해 주십시오. 주교님!"

"허허, 진정 말로는 못 당할 사람이군!"

그 말에 벌떡 일어난 병호가 앵베르 주교의 손을 덥석 잡으며 말했다.

"그 말은 진정 우리 조선을 도와주시겠다는 말씀이시죠?"

"어찌 그 말이 그렇게 해석되오? 하하하……!"

끝내는 신부답지 않게 대소를 터뜨리는 벽안의 앵베르 신부를 바라보는 병호의 가슴에는 이 순간 비가 내리고 있었다.

조금 진정이 되자 병호는 자신의 계획을 좀 더 상세히 말하기 시작했다.

"내가 가르친 학생들의 나이 이제 12세에서 15세로 아직은 남의 뒷바라지를 받아야 할 나이요. 더구나 말도 안 통하는 외국이라면 더 말해 무엇 하겠소. 그러니 내 생각에는 말이오. 마카오에서 외국어를 배운 바 있는 최양업(崔良業)이나 김대건(金大建)과 함께, 여기 있는 조신철 당신이 이들을 전적으로 뒷바라지해 주었으면 좋겠소."

병호의 말에 주변에 있던 모든 사람들이 귀신을 본 듯 놀라워했다. 마카오에서 신부 수업을 받고 있는 최양업이나 김대건까지 언급하고 있는데 따른 것이다. 만약 이런 자와 척을 져 이자들까지 자신들의 탄압에 가세한다면, 정말 조선 천주교는 쑥대밭이 될 것이라는 것을 다시 한 번 깨닫고 모골이 송연해지는 순간이기도 했다.

아무튼 이들이 놀라 벌어진 입이 채 닫히기도 전에 병호가 계속해서 자신의 계획을 말했다.

"그에 소요되는 자금까지 당신들에게 의지할 생각은 전혀 없소. 따라서 일단 천은(天銀) 2만 냥을 송상에서 준비했으니 당분간은 충분할 것이오. 그리고 1년의 소요 경비가 산출되는 대로 그 자금도 보낼 생각이오. 내 생각이 어떻소?"

여기서 병호가 말한 천은(天銀)이라는 것은 은(銀) 가운데서는 품질이 가장 뛰어난 은으로, 순도가 십성 곧 100%인 십성은(十成銀)을 말하는 것이다.

은은 품질에 따라 천(天), 지(地), 현(玄), 황(黃) 4등급으로 구분하는데, 천은은 이 가운데 으뜸인 것이다. 그리고 은 2만 냥은 4 : 1의 교환 비율로 상평통보 8만 냥에 해당하는 거금이었다.

아무튼 병호의 말에 놀란 눈으로 잠시 생각에 잠겨 있던 앵베르 주교가 말했다.

"당신의 생각대로 그렇게 합시다. 당신의 말대로라면 학생들도 보살펴야 하지만, 당신이 계획한 다른 일에도 수시로 사람이 필요할 것 같소. 따라서 우리 신부들 중에서도 한 사람 지원을 하리다. 이제 당분간은 포교도 그른 일 같으니 음… 사제들에게 조선 교구는 맡기고 내가 직접 그 일을 감당하리다."

앵베르 주교의 말에 병호는 그의 손을 다시 한 번 덥석 잡으며 반색했다.

"정말 그래 주시겠습니까? 주교님!"

이때였다. 앵베르 주교가 확답을 하기 전 강경하게 나오는 자가 있었다.

"안 됩니다. 주교님! 주교님은 조선 교구를 책임진 분으로서 조선 가까이 계시고 정 필요하다면 모방(Maubant)이나 샤스탕(Chastan) 신부 중 한 분이 지원하는 게 타당할 것 같습니다."

정하상의 말에 잠시 생각에 잠겼던 앵베르가 말했다.

"그 문제는 우리끼리 논의해도 늦지 않으니 나중에 논의하기로 하고, 다른 할 말이 또 있소?"

"이제 탈출을 논해 봅시다."

이렇게 운을 뗀 병호가 이어 말했다.

"내가 알기에 다른 두 신부는 홍주(洪州: 지금의 당진 일대) 내

에 있는 것으로 아는데, 일단은 그들과 합류하는 것이 좋으니,
음……."

이후 병호와 찬주교인 사이에서는 해로로 안전하게 탈출하
는 방법을 논의하기 시작했다. 이 과정에서 변장, 홍주(洪州) 앞
바다 및 선주(船主) 임성룡(林成龍) 등이 언급되고, 끝에 가서
는 황해도 해주에서 송상과 조우, 대청도 먼 바다 해상에서 이
선(異船)에 승선하는 방법까지 언급되며, 보다 안전하고 확실한
탈출 방법이 약 이각 동안 논의되었다.

이렇게 되어 안전한 탈출 방법까지 확정되자 병호는 곧 자
신이 작성한 계획서 및 아이들 신상에 관한 기록을 앵베르 주
교에게 넘겼다. 그리고 현실로 돌아와 국내 문제를 거론하기
전 집주인을 보고 물었다.

"손경서라 했습니까?"

"네."

"주변 이웃은 안전합니까?"

"그렇지 않으면 어찌 제가 주교님을 모시고 있을 수 있겠습
니까? 이 동네 사람 모두 제 소작인들로, 교우들이기도 합니
다."

"좋습니다. 하면 국내는 누가 남아 나머지 신도들을 통솔하
려 합니까?"

병호의 물음에 서로의 얼굴을 바라보는 이들이었다. 그러던

중 유진길이 나서서 말했다.

"주교님, 제 생각으로는 한양교우회장(漢陽敎友會長) 현석문(玄錫文)이 국내 일은 주재하는 것이 좋겠습니다."

"그라면 정말 믿을 만하죠."

앵베르 주교의 말을 받아 병호가 말했다.

"좋습니다. 그를 통해 나머지 일반 신도들도 당분간은 집을 떠나 모두 대처나 산속으로 피신하도록 지시를 내려, 저들의 기도를 철저히 분쇄하는 것이 좋겠습니다."

병호의 말에 집주인 손경서가 나서 자신감 있는 투로 말했다.

"그 문제는 제게 맡겨주십시오. 주교님! 제가 모두 떠나시면 바로 한양으로 올라가 주교님의 명이라고 그렇게 하도록 전하겠습니다."

"좋소. 그렇게 하도록 합시다. 형제도 꼭 몸 보중하시고."

"감사합니다. 주교님!"

곧 이별하기라도 하듯 하는 앵베르의 말에 손경서가 눈시울이 붉어져 답하고, 이 여파 때문인지 다른 사람들도 목이 메어 한동안 입을 닫고 있었다.

다음 날 새벽같이 손경서의 집을 나와 한양으로 올라온 병호는 이후 육 일에 걸쳐 학생들을 다섯 명 단위로 분산시켜 선편으로 집을 떠나보냈다.

조선에 입국해 있던 세 명의 신부를 포함한 유진길 등 십이 명과 학생들이 안전하게 조선을 떠나고, 단오를 맞아 역부 5만과 발명을 위한 학생 300명을 뽑은 병호는, 10일 후인 5월 15일에는 시흥 군자도 염전 조성 현장을 시찰하고 있었다.

광활한 갯벌.

지금 이곳에는 1만여 명의 일꾼들이 바지런하게 움직이고 있었다. 단오에 뽑은 5만을 8개 현장 5천 명씩 배당하고, 5천은 현지인을 뽑아 도합 1만 명의 역부에, 1천의 장인들이 함께 움직이는 역사적인 현장을 병호는 지금 둘러보고 있는 것이다.

그런 그의 눈살이 찌푸려지며 수행하고 있는 염전사업 총괄본부장 구장복에게 물었다.

"저렇게밖에 할 수 없었소?"

"한 달의 시간으로서는 저 정도도 잘 된 것이라 생각합니다."

"음……!"

구장복의 대답에도 병호는 마뜩치 않은 표정이었다. 그가 지적한 것은 인부들의 숙소였다. 육지 가까이 설치된 인부들의 숙소는 열악하기 짝이 없었다.

바닥 네 귀퉁이에 굵은 기둥을 박고 그를 중심으로 가로세
로로 보다 작은 나무를 얽은 상태에서 그 위는 거적을 둘렀으
니, 비나 피하는 정도였기 때문이었다. 그래도 보온은 될 것이
나 그 정도로는 만족할 수준은 아니었던 것이다.

그래도 다행인 것은 공사를 감독할 전 신치도 출신 직원들
의 숙소와 2층 사무실이 비록 통나무집 형태나 이미 지어
져 있고, 거적을 두른 형태나 대형 공중목욕탕 시설과 변소
여타 주방을 포함한 식당까지 구비되어 있는 것을 보고 고개
를 끄덕인 병호의 눈이 반짝였다.

공사 현장에 투입된 장비들을 보고서였다. 대형 거중(擧重
機)기는 물론 유형거(游衡車), 녹로(??), 대거(大車), 별평거(別平
車), 평거(平車), 발차(發車), 동차(童車), 구판(駒板), 설마(雪馬) 등
의 운반 기구에, 달고, 가래, 삽, 곡괭이 등으로 저수지를 파고
있는 현장을 보고서였다.

그런 그가 시선을 들어 멀리 수평선과 맞닿을 듯한 두 개의
섬을 차례로 가리키며 물었다.

"저 두 개 섬의 이름이 무엇이오?"

"옥구도와 오이도라 합니다."

"그러니까 저 먼 끝 두 섬을 연결하는 식으로 외제방(外堤
防)을 건설한다는 계획 아니오?"

"그렇습니다. 사장님!"

"하면 능히 1천 정보는 되겠군."

"1천 정보가 조금 넘을 것 같습니다."

구장복의 대답에 기분 좋은 미소를 지은 병호가 말했다.

"일부 장인과 인부들을 빼 그들의 숙소를 제대로 짓도록 하시오. 그것이 훗날에는 염부(鹽夫)들의 숙소가 될 테니까."

"그렇게 하도록 하겠습니다."

"이 많은 사람들의 식사도 문제겠는데?"

"동네 아낙들을 고용해 세끼를 제공하나 우리가 공짜로 주는 것은 점심뿐입니다."

"하면 두 끼는?"

"우리가 식사는 제공하되 품삯에서 제하는 관계로 현지에서 고용한 사람들은 집으로 퇴근하여 먹고 오고 있는 실정입니다."

"흐흠……! 급료는 어떻게 지급되고 있는 것이오?"

"매일매일 일당으로 달라고 아우성치는 것을, 그렇게 하다 보면 매일 돈을 나누어주다 판난다고 설득해, 삭료(朔料) 즉 월급으로 지급하고 임금도 광고한 대로 차등을 두기로 했습니다. 그날그날 일하는 것을 보아 매일 상, 중, 하, 3등급으로 평가한 것을 한 달 간 모아 지급하는 방법으로, 상(上)은 일 3전, 하(下)는 2전을 지급한다 하니, 모두 저렇게 죽을 둥 살

등 모르고 일하고 있질 않습니까?"

"하하하……! 잘했소. 헌데 말이오."

"말씀하시죠."

"이런 대규모 인원이 동원될 때에는 각별히 위생을 철저히 하는 것을 잊지 마시오."

"알겠습니다. 사장님!"

"지금 시행되고 있는 방법이 각 현장에 모두 적용되는 것이죠?"

"그렇습니다."

"고군산군도 쪽은 어떻게 되었소?"

"모든 섬의 어전을 염전을 조성한다는 핑계로 매입하여 일부는 실제 염전을 조성하고 있고, 일부는 말씀하신 대로 비밀 연구소를 신축 중입니다."

"잘하고 있소. 앞으로도 염전은 구 본부장이 관리할 것이니, 철저히 챙겨주시오."

"명심하겠습니다. 사장님!"

"나는 바빠 돌아가 봐야겠으니 구 본부장이 각 염전을 순회하며 철저히 관리해 주시오."

"네, 사장님!"

구 본부장의 인사를 받으며 병호는 등을 돌렸다. 이에 따라 그를 수행해 온 십여 명이 일시에 그 자리를 떠나갔다.

 곧장 한양으로 돌아온 병호는 나룻배를 타고 한강을 건너 매입해 놓은 10만 평의 용지로 향했다. 이곳에는 병호가 지시한 대로 연구소가 이미 완공되어 있었고, 또한 홍수 때 범람할 것에 대비해 제방 축조 공사 또한 한창 진행되고 있었다.

 사들인 땅이 대부분 한강과 가까운 백사장이라 강물 범람을 걱정하지 않을 수 없었던 까닭이었다. 아무튼 그나마 밭을 전용해 만든 제일 안쪽의 연구소에 도착하니, 목재 울타리 공사가 한창인 가운데 이곳의 경비를 맡고 있는 검계원들이 깊숙이 허리를 숙여 그를 맞았다.

 이로 보아 알 수 있듯이 병호가 정충세 등에게 처음에 제시한 대로 검계원들은 하나둘 보상을 받고 있었다. 즉 기존의 실업자들이 지금은 이곳이나 각 염전과 행궁 공사의 유급 경비원으로 충당되어 인간다운 삶을 살고 있기 때문이었다.

 "어서 오십시오. 사장님!"

 "수고가 많소."

 "아닙니다. 우리가 당연히 해야 할 일입니다."

 "외부인은 절대로 출입시키지 않도록 각별히 신경써 주시오."

"밤낮으로 철저히 파수하고 있으니 절대 그런 일은 없을 것입니다."

"그럼, 수고하시오."

"네, 사장님!"

4인 1조로 삼교대인 이들 조장의 예를 받으며 안으로 들어선 병호의 눈에 들어온 것은 500명을 수용할 수 있는 숙사와 학사, 그리고 이들의 식사를 제공할 식당과 목욕탕. 그밖에 연구소에 고용된 자들을 위한 숙소와 교수 및 그 가족들을 위한 집 등이었다. 이밖에 병호가 묵을 집과 작은 사무실도 구비되어 있었다.

아무튼 한 바퀴 빙 둘러본 병호는 학사 내의 교무실로 향했다. 곧 그가 교무실에 도착해 문을 열자 마침 오전 수업이 끝났는지 전 교수들이 일어나 그를 맞았다. 참고로 이 학교는 오전 수업밖에 하지 않는다.

"어서 오십시오. 사장님!"

그 면면을 살펴본 병호의 입에 절로 흐뭇한 미소가 맺혔다. 그 이름만 들어도 대부분 후세의 사람들이 알 수 있는 훌륭한 인물들로 진용을 갖추었기 때문이었다.

우선 교장을 설명하면 규남(圭南) 하백원(河百源)으로, 순창의 신경준, 장흥의 위백규, 고창의 황윤석과 함께 호남의 4대 실학자이나 유일한 생존 인물이었다. 1803년(순조 3) 진사시에 합격하였으나, 벼슬길에 나아가기를 포기하고 천문, 지리, 산수 등 실용적 학문에 주력하였다.

이후 그는 50세까지 백성의 생활을 편안히 하기 위한 발명에 힘써 자동 양수기인 자승거(自升車), 펌프의 원리를 이용한 항흡기(缸吸器), 짐을 실어 나르는 목우(木牛), 저절로 시간을 알리는 자명종(自鳴鐘) 등을 만들었다.

뿐만 아니라 '동국지도(東國地圖)'를 제작하였는데, 이는 김정호(金正浩)의 '대동여지도'보다 50여 년이나 앞선 것이다. 여기에 1821년에 손수 그자 제작한 '만국전도(萬國全圖)'는 세계지도로, 적도를 중심으로 북반구와 남반구의 세계 각 나라들이 지금과 거의 비슷한 모습으로 그려져 있다.

아무튼 이런 그가 51세인 작년 형조좌랑에 올랐다 종묘령(宗廟令)으로 발령 난 틈을 타 병호가 세 번을 찾아가 읍소한 결과 모신 인물이었다.

이밖에 병호의 집에서 수학 및 여타 학문을 가르치다 이곳으로 옮겨온 이상혁, 망설이는 것을 '그럼, 아이들을 가르치는 교수나 하라'며 더 이끌어 낸 박규수, 그의 추천으로 흔쾌히 오게 된 훗날 대동여지도를 만드는 김정호(金正浩), 그의 소개로 온 백과사전을 저술하고 있는 최한기(崔漢綺)와 이규경(李圭景), 최한기의 소개로 온 무관 출신 최성환(崔?煥), 최성환의 소개로 온 중인인 율과(律科) 출신 장지완(張之琬), 역과(譯科) 출신 정수동(鄭壽銅) 등 그 면면이 다채롭고 화려했다.

이들과 일일이 인사를 새삼 인사를 나눈 병호는 잠시 그들과 환담을 나누다가 함께 점심 식사를 하러 식당으로 향했다. 식당은 학생과 교수들의 칸이 분리되어 있어 교수 전용 식당으로 향한 것이다.

가며 병호는 생각했다. 애초 김정호나 최한기, 이규경 등을 소개받을 때는 이들을 조양물산의 간부급으로 채용하려 했다. 그러나 막상 발명 학교를 개원하자 교수가 절대 부족해 이를 충당하다 보니 만상과 맺은 제철 사업을 담당할 간부도 임명 못하고 쩔쩔매고 있는 상태였다.

그래서 병호는 뒤에 따라오고 있는 무관 출신 최성환을 보고 물었다.

"혹시 당신같이 박학다식하면서도 추진력이 뛰어난 인물이 없을까요?"

"글쎄요……?"

금방 생각이 나지 않는지 생각에 잠기는 그를 보고 병호는 잠시 그에 대한 생각을 했다. 그는 중인가문 출신으로 금년 27세였으며, 작년에 실시된 무과에 합격하였으나, 아직 관직을 받지 못해 놀고(?) 있는 것을, 최한기 심지어 그와 친분이 있는 남병철과 함께 세 번을 찾아가 맞아들인 인물이었다.

"당장은 떠오르는 인물이 없습니다."

최성환의 대답에 병호는 내심 실망했지만 단념치 않고 이번에는 이규경을 향해 물었다.

"오주(五洲), 좀 전에 내가 말한 사람과 같은 사람 없습니까?"

이에 고개를 갸우뚱거리며 생각에 잠기는 그였다. 그런 그를 보며 병호는 잠시 그에 대한 생각을 했다. 이규경은 그의 할아버지 이덕무(李德懋)가 이룩해 놓은 실학을 이어받아 학자로 이름을 떨치고 있었다.

그는 전 생애에 걸쳐 생활과 과학에 유익하다고 인정한 철학, 역사, 경제, 지리, 어학, 문학, 천문학, 수학, 의학, 동물학, 식물학, 군사기술학, 농학, 광물학 등 모든 부문을 대상으로 하여 연구하고 그에 대한 자기의 견해를 담은 방대한 지식을 현재 저술하고 있는 상태였다.

이것이 바로 훗날 전해질 '오주연문장전산고(五洲衍文長箋散稿)'가 될 것이다. 그런 면으로 보면 이규경은 일상생활에 직접 관련되어 이용후생(利用厚生)할 수 있다고 인정한 자연 대상에 대한 연구에 더 힘을 경주한 실용적 자연과 학자였다.

또 그는 서양 세력과의 적극적인 개항과 통상을 주장한 학자로, 이와 비슷한 입장을 보이면서 전통을 바탕으로 근대화를 지향한 인물로 최한기, 최성환, 박규수와 훗날의 오경석 등이 있다.

아무튼 이규경마저 아직 답을 못하고 있는데 최성환이 말했다.

"작년 무과 급제로 알게 된 인물로 깊이는 알지 못하지만 그간 교류한 인물 됨됨이로 보면, 그에 적합한 인물이 한 명 있습니다. 박은조(朴恩詔)라고, 그 역시 다른 무관과 마찬가지로 아직 출사(出仕)하지 못했으니, 한번 그의 뜻을 알아보겠습니다."

그의 말을 들은 정수동이 비틀린 입으로 툴툴거렸다.

"임관도 못시키면서 무관은 왜 이렇게 자주 많이 뽑는지 조정의 행태에 나는 전혀 이해가 가질 않소."

정수동의 말 그대로 지금 조정은 무관은 잔뜩 뽑아놓고 전혀 임명을 못하고 있는 상태였다. 아무튼 금년 서른두 살의 정수동은 본명이 지윤(芝潤)으로, 호가 더 유명해 통상 정수동(鄭壽銅)으로 부르고 있었다.

왜어역관(倭語譯官)의 집안에서 출생하였으나, 생업을 돌보지 않고 자유분방한 성격의 위항시인(委巷詩人)으로서 방랑 생활을 즐겨 늘 가난했다.

사회적 모순에 불만을 느껴 광인처럼 행동했고, 권력이나 금력에 대해 날카로운 풍자와 야유로 저항한 많은 일화가 전해지는 인물로, '기발한 익살꾼 정수동'으로 유명했다. 그런 그가 어찌 이곳에는 아직 진득하니 붙어 있는지 알 수 없는 일이었다.

아무튼 병호는 최성환을 보고 말했다.

"식사가 끝나는 대로 그의 집을 한번 다녀와 보오."

"그렇게 하도록 하겠습니다."

이때 생각지 못한 사람이 입을 떼었다. 박규수였다.

"네 친구 중에 운고(雲皐) 서유영(徐有英)이라는 사람이 있소. 나와 같이 효명세자의 죽음으로 큰 충격을 받고 지금도 은둔 생활을 하고 있는, 달성(達成) 서(徐)씨 문벌(門閥)출신이지만, 경제적으로 궁핍하고 처지 또한 아무것도 할 수 없다는 것에 비관하고 있지만, 본래의 성격은 호방하니 충분한 가능성이 있소."

"몇 살입니까?"

"금년 39세."

"좋습니다. 한번 모시고 오세요."

"나도 식사가 끝나는 대로 일찍 퇴근하리다."

"그렇게 하시지요."

곧 식당에 도착한 병호와 교수들은 이미 차려진 식탁에 앉아 식사를 하기 시작했다. 오늘의 차림은 좁쌀밥에 육개장을 중심으로 강경에서 올라온 젓갈류가 풍성하게 올라와 있었다.

이를 본 모든 사람들이 놋쇠 그릇에 담긴 고봉밥을 부지런히 퍼먹기 시작하는데 정수동이 인상을 찡그리며 말했다.

"어찌 술이 빠져 있소?"

"어허……! 이 사람이!"

교장 하백원의 질책에 입을 삐죽빼죽하나 더 이상은 술을 입에 올리지 않는 그였다.

머지않아 식사가 끝나자 병호는 촌음이 아까워 바로 학생들이 연구실로 쓰고 있는 한 교실로 들어갔다. 병호는 300명의 학생들을 크게 두 집단으로 나누었다. 한 집단은 장기 과제를 연구하는 집단으로 150명이었다.

그 연구 과제를 보면 제일 많은 50명의 학생이 소속된 화약 및 무기 연구소 집단이 있고, 그다음이 각각 20명씩 배정된 다섯 개 집단이 있었다. 즉 동력, 제철, 시멘트, 종이, 유리, 광산장비 등이 그 집단이었다.

그리고 10명씩 배정된 15개의 모임이 있었으니 그 분야는 다음과 같았다. 성냥, 연필, 칫솔, 치분, 비누, 생리대, 브래지어, 가스등, 탈곡기, 펌프, 라이터, 난로 및 새마을 보일러, DDT등의 살충제 및 의약품, 궐련 등 담배, 재봉틀 등이었다.

그들 중 병호가 제일 먼저 들어간 곳은 칫솔을 연구하는 곳이었다. 그의 등장에 깜짝 놀란 아이들이 다투어 고개를 숙이며 인사했다.

"안녕하세요? 사장님!"

"그래, 점심을 먹었으면 좀 쉬었다 하지 않고?"

"하루라도 빨리 제대로 된 칫솔을 만들어 내야죠."

"재미있으니 우리는 이게 쉬는 거예요."

"좋다! 어디 만들어 보자."

병호는 곧 현대의 칫솔 모양으로 그려진 그림대로, 소의 허벅지 뼈를 깎아 만들어 놓은 칫솔대를 가져오도록 했다. 그리고 그는 이것을 풍로의 벌겋게 단 숯불에 올려놓고 말랑말랑해질 때까지 달구도록 했다.

그렇게 한참을 기다려 소뼈가 말랑말랑해지자 병호는 곧 끝이 뭉툭하며 1/3촌 이상 뚫고 내려갈 수 없게 끝에 나무를 댄 특수 송곳으로, 촘촘히 구멍을 뚫었다.

이어 학생들을 시켜 칫솔이 조금 식기를 기다려 그 구멍에 말의 털을 빼곡히 심도록 했다. 이 과정에서 뼈가 덜 식었는지 말 털을 심자 그것이 타는 냄새와 함께 푸수수 연기가 피어올랐다.

이에 어느 놈은 전부 타버려 말의 털이 칫솔에 붙어 있지 않았으나, 어느 놈은 약간의 손상을 입은 채 그대로 부착되어 뼈가 식어 모공이 축소되기 시작했다. 그리고 곧 털이 완전히 고정되었다.

이렇게 되면 칫솔로서는 불합격이었다. 그러나 병호는 다시 한 번 학생들에게 전 과정을 숙지시키기 위해, 칫솔 형태를 갖춘 놈의 털 끝부분을, 약재를 전문으로 써는 소형 작두에 올려 가지런히 자르도록 했다 곧 한 학생에 의해 제대로 잘라지자 병호는 중간에 제대로 심어지지 않아 불완전한 칫솔을 들고 말했다.

"자, 이렇게 하면 불량이라는 것을 보여준 실험이었다."

"하하하……!"

학생들이 그의 말에 크게 웃었지만 갈 길 바쁜 그로서는 학생들과 함께 웃을 수 없었다. 그는 곧 칫솔 모형 뼈 한 개를 다시 풍로에 올리고 이번에는 좀 더 빠른 시간에 풍로에서 빼서 구멍을 뚫었다.

그러자 너무 일찍 뺀 탓인지 구멍 뚫기가 쉽지 않은 것은 물론 수축 작용이 약해 털이 빠지는 단점이 발생했다. 다음번에는 중간 시간대에 해보니 그런대로 성공이었으나 완전치는 않았다.

그렇지만 칫솔만 갖고 시간을 보낼 수 없던 병호는 듬성듬성 이빨 빠진 것 같은 칫솔을 들고 학생들에게 말했다.

"자, 우리가 실험을 통해 알 수 있듯, 요는 얼마나 이 소뼈를 불에 오랫동안 불에 달구느냐하는 그 시간, 그다음은 어느 정도 식었을 때 마모(馬毛)를 심느냐 하는 것이 가장 중요하다. 또 하나 덧붙이자면 얼마나 말뼈를 빠르게 깎아 칫솔대를 만드느냐는 것이 칫솔의 상품성을 좌우할 것이다. 따라서 양쪽의 정확한 온도, 아니 그 상태를 찾아내도록 하고, 최대한 빨리 만들어 낼 수 있도록. 알겠나?"

"네, 사장님!"

학생들의 힘찬 대답을 들으며 병호는 온도계가 없는 것이 아쉬워 속으로 툴툴거렸다.

'간단한 칫솔 하나 만드는 것도 이렇게 어려우니, 참으로 갈 길이 멀고나!'

곧 학생들의 인사를 받으며 그 방을 빠져나온 병호는 20명의 학생이 한 조가 된 동력 연구소로 향했다.

그곳이야말로 증기기관과 압축공기를 연구하는 곳으로 병호가 하루라도 빨리 성과를 내주길 바라는 곳이었다. 동력이 있어야 가능한 분야가 너무 많기 때문임은 두말할 나위도 없었다.

아무튼 동력 연구소는 칫솔과 같은 학사 건물 내에 있지 않았다. 그 위험성 때문에 야외에 별도로 위치해 있었고 혹시 모를 폭발해 대비해 건물 외부는 높고 튼튼한 토담에 들러 싸여 있었다.

곧 병호는 죽 늘어선 야외의 별도 실습장 중에서도 동력 연구소를 찾아 그 문을 열고 들어가니 스무 명의 학생들이 일제히 큰 소리로 인사를 했다.

"안녕하세요? 사장님!"

"식사는 맛있게 했습니까?"

"네!"

"배불리 먹으니 너무 너무 좋아요."

배를 곯고 살았는지 자신의 마음을 그대로 표현하는 학생의 순수한 마음이 듣기 좋아 빙그레 웃은 병호가 인사를 한후 우두커니 서 있는 직장(職長)을 보고 물었다.

"오 직장님도 식사 많이 하셨습니까?"

"배불리 먹긴 했지만 학생들과 함께 긴 줄을 서서 먹으려니 불편한 점이 많습니다."

"아, 그래요? 그 문제는 미처 생각을 못했군요."

"내 이야기해 놓을 테니 내일 부터는 교수들과 함께 식사하는 것으로 합시다."

"정말 그래도 되겠습니까?"

"물론이죠."

장담하는 병호의 머리에는 기술직인 이들을 뽑게 된 경위가 떠올랐다.

4월 초파일 장인들을 뽑을 때 병호는 애초부터 이를 염두에 두고 장인들의 직종에 제한을 두지 않았다. 만약 이런 의도가 없었으면 직종에 제한을 두어 염전이나 행궁 공사에 꼭 필요한 직종의 장인들만 선발했을 것이다.

그렇지만 병호가 그렇게 하지 않은 데는 머릿속에 구상하고 있는 스무 개가 넘는 각 분야의 장인들을 선발하기 위함이었다. 아니, 당장은 필요 없는 분야도 더 선발했다. 그렇게 선발된 인원이 200명이었다.

교수들이 조선에서는 가장 뛰어난 이론가들이지만 이들에게는 실제의 기술이 너무 없었다. 그래서 이를 보조하기 위한 집단이 직장을 비롯한 하위직 장인들이었다.

학교이자 연구소인 이곳에서 이들의 맡은 임무는 광범위했다. 병호가 미리 일러준 대로 실습부 교재를 준비해 주는 일부터, 신기술이 완성이 되면 이를 상품화하는 과정에 이르기까지 모두 이들의 임무였다.

그렇게 필요한 존재들이었기에 애초 숙사를 지을 때도 300명 수용 규모가 아닌 500명 규모로 신축해 이들도 학생들과 함께 생활하고 있는 것이다. 물론 이들의 대우가 학생들과 같을 수는 없었다.

숙사도 학생들이 10인 1조로 방 한 칸을 차지한다면 직장을 비롯한 각 분야의 장인들은 2인 1실이었다. 그런데 오늘 병호가 미처 배려하지 않은 식사 문제가 거론된 것이다.

아무튼 그런 그들 중 직장이 칫솔 분야에서 안보였던 것은 그때는 마침 점심때이므로 쉬고 있었고, 동력 연구소로 왔을 때는 이미 점심시간이 끝나 입회해 있었던 것이다.

아무튼 이들 조직은 인원이 많은 곳은 직장(職長) 그 밑으로 반장(班長), 조원으로 구성되어 있었다. 그런데 하나 유의할 것은 군기시에도 종7품의 직장(直長)이라는 벼슬이 있으나 그와는 한자부터 다르다는 것이다.

생각을 마친 병호는 직장 이하 조원과 함께 만든 단동 증기기관 모형 장치를 빠르게 한 번 훑어보았다. 그리고 큰 이상이 없자 학생들 앞에 섰다.

"지난번에는 증기기관의 원리와 함께 끓는 주전자 물이 증기의 압력으로 뚜껑이 들썩거리는 것까지 보았죠?"

"네, 사장님!"

"그때 증기관이 무엇이라 했습니까?"

"액체에 열을 가해 증기를 발생시키고, 그 증기의 압력으로 피스톤을 움직여 동력을 전달하는 기관이라 했습니다."

스무 명의 학생 중 세 명이 큰 소리로 답했다. 이에 만족한 표정을 지은 병호가 말했다.

"아주 잘 알고 있군요. 대답하지 않은 학생들도 잘 알고 있는 것이죠? 다만 쑥스러워 대답을 못했을 뿐. 그렇죠?"

"네, 사장님!"

대부분의 학생들이 큰 소리도 답했으나 다섯 명은 얼굴을 붉힌 채 우물쭈물하는 것이 보였다. 이를 무시한 병호는 곧 사전에 준비한 모형 앞으로 갔다.

그러자 학생들이 우르르 그를 따라 이동해 모형 주변을 둥글게 에워쌌다. 이를 본 병호가 오 직장에게 지시했다.

"오 직장, 화로의 장작에 불을 붙이시오."

"네, 사장님!"

"자, 주목!"

아이들의 시선을 모은 병호가 말했다.

"오늘은 물이 끓어 수증기가 된 놈이 실제로 어떤 역할을 해서 저 둥근 나무 바퀴를 움직이는지 보여줄 것입니다. 그런데 한 가지 아쉬운 것은 저 물이 든 밀폐된 항아리가 유리가 아니라는 것이 아쉽습니다. 유리로 제작을 한다면 증기의 흐름이 한눈에 다 보일 텐데 말이죠. 혹시 유리라고 들어봤습니까?"

"아니요!"

"여러분들과 같은 학생 중에는 유리를 연구하는 학생들도 있으니 머지않아 유리도 보게 될 것입니다. 아직 물이 안 끓지요?"

"네!"

오 직장의 대답에 병호는 다시 강의를 하기 위해 학생들의 시선을 붙들어 맸다.

"주목! 물이 끓는 동안 말로 그 과정을 설명할 테니 집중해 듣기 바랍니다. 먼저 저 장작불이 물이 반쯤 든 저 위가 밀폐된 항아리의 아랫부분을 가열하면, 물이 기화되어 주전자의 끓는 물에서 뿜어내는 수증기가 됩니다. 이 수증기가 되는 과정에서 부피가 팽창되어 수증기는 강한 압력 즉 모든 물체를 밀어내고 움직일 수 있는 힘을 갖게 되는 것입니다. 하여튼 그 팽창한 수증기는 어디든 빠져나갈 구멍을 찾게 되는데, 저 항아리에 연결된 대나무관 보이죠?"

"네, 사장님!"

"그러니까 빠져나갈 곳을 찾던 수증기는 저 대나무의 뚫린 구멍을 통해, 저 대나무와 연결된 나무 막대를 움직이게 되고, 나무 막대는 일체가 된 원통형 뭉치(피스톤)를 움직여, 그 상자 안에서 왔다갔다 왕복운동을 하게 됩니다. 그렇게 되면 어떻게 되겠습니까? 마치 사람의 관절처럼 가운데가 구부러지게 되어 있는 저 크랭크에 의해, 둥근 나무 바퀴가 회전하는 것을 곧 보게 될 겁니다. 내 말 무슨 말인지 알아듣겠습니까?"

"모르겠습니다."

"못 알아듣겠습니다."

"백문이 불여일견이라고 잠시 후에 직접 보게 될 테니, 그때 가서 다시 한 번 설명을 해드리겠습니다."

강의를 마친 병호는 생각에 빠졌다. 가능한 쉽게 설명하려 했지만 중간에 저들이 모르는 단어들이 많이 들어갔다. 그러니 저들이 병호의 설명을 전부 이해하는 것에는 한계가 있음이 분명했다.

아무튼 병호가 이렇게 모형을 제작하고 설명을 제법 그럴

듯하게 할 수 있는 데는, 전생에서 대체 역사 소설을 쓰면서 증기기관의 원리를 검색해 본 것이 큰 힘이 되었다.

그곳에는 유리로 만든 실제 모형이 있어 증기기관의 원리를 한눈에 알아볼 수 있게 되어 있다. 아무튼 머지않아 물이 완전히 끓지 않은 것 같은데도 갑자기 나무 바퀴가 서서히, 이내 힘차게 돌기 시작하자 학생들은 일제히 함성을 지르며 신기해하고 기뻐했다.

병호는 그들의 기쁨이 가시길 잠시 기다려, 다시 한 번 증기기관의 원리를 되풀이 설명해 주고 다음 실습 과정을 예시해 주었다.

"다음은 왕복 운동을 하는 나무 뭉치가 하나가 아닌… 즉, 복동 증기기관의 원리를 보여주겠습니다. 자… 오 직장, 나갑시다. 가서 또 장인들과 함께 모형을 만들어야죠. 이번에는 응축기와 판 미끄럼 원통도 두 개나 만들어야 되니 시간이 제법 걸릴 겁니다."

"네, 사장님!"

뭐가 뭔지 모르지만 세상에 다시없는 기물을 대하게 되는 기쁨으로 오 직장은 밝게 대답했다.

곧 밖으로 나온 병호는 휘하 반장과 십여 명의 장인을 불러 모아 복동 증기기관을 함께 만드는데 저녁나절까지 고생을 했다. 그렇다고 전부 제작된 것이 아니라 대부분 그들이 이해하는 정도까지는 만들었다는 것이다.

다음 날 아침.

병호는 이곳 자신의 숙소에 머물면서도 평소 집에 묵을 때
와 다름없이 파루(罷漏: 새벽4시)면 기상을 했다. 그리고 잠시
가볍게 운동을 하고 학생용 교재를 집필하고 있는데 호위 무
사 신용석이 고했다.

"최 교수님이 찾아왔습니다."

"아, 그래요? 들라고 해요."

"네, 사장님!"

곧 헛기침 소리와 함께 최성환이 들어왔다. 그런데 그는 혼
자가 아니었다. 그의 뒤에는 처음 보는 작은 키지만 다부져 보
이는 이십 대 후반의 사내 하나가 따르고 있었던 것이다.

"인사드리시게. 내가 말한 이 학교를 운영하고 여러 사업장
을 가지고 계신 사장님일세."

"박은조(朴恩詔)라 합니다."

"아, 최 교수님께서 말씀하신 무관이셨군요. 반갑습니다."

말끝에 병호가 정중히 고개를 숙이자 그 또한 정중히 고개
를 숙이며 말했다.

"이 친구처럼 박학다식하지는 못합니다. 하지만 어떤 어려
움도 뚫고 나갈 자신은 있습니다."

"바로 그거요. 세상을 살아가는데 자신감만큼 중요한 것도 없지요. 그래, 사업체 하나를 맡아보시겠습니까?"

"허락만 하신다면 열과 성을 다하겠습니다."

이때였다. 신용석의 고하는 소리가 들려온 것은.

"박 교수님께서 오셨는데요. 손님도 한 분 계십니다."

"들라 하세요."

"네."

곧 박규수가 삼십 대 후반의 사내 하나를 데리고 들어왔다. 이를 본 병호는 직감적으로 그가 박규수로부터 들은 바 있는 운고(雲皐) 서유영(徐有英)이라는 선비임을 알았다.

"말씀 많이 들었습니다."

병호가 먼저 말과 함께 정중히 고개를 숙이자 서유영 또한 엉겁결에 고개를 숙이며 자신을 소개했다.

"운고 서유영이라 합니다."

"김병호라 합니다."

그를 따라 자신의 이름마저 소개한 병호는 이들의 등장으로 한쪽에 우두커니 서 있는 최성환과 박은조까지 둘러보며 말했다.

"일단 앉아서 이야기합시다."

말과 함께 먼저 자리에 앉으니 모든 사람들이 그를 따라 자리에 앉았다. 곧 병호가 거두절미하고 서유영에게 물었다.

"그래, 생각은 해보셨습니까?"

"생각이 있어 왔으나 어떤 일인지 좀 더 구체적으로 알고 싶소이다."

"음……! 그러니까, 쇠를 만들어 내고 그 쇠로 다양한 물건을 만들어 내는 일이라 생각하면 되겠습니다. 하지만 기존 조선의 어느 야철장(冶鐵場)보다 그 규모가 훨씬 클 것임은 감안해야 할 것입니다."

"규모가 큰 것이야 그만큼 바지런히 움직이면 될 것이니 한번 해보도록 하겠소이다."

이렇게 되니 병호는 두 사람 사이에서 난감하게 되었다. 그렇지만 병호는 당황하지 않고 박은조를 은근한 음성으로 불렀다.

"박 무관님!"

"네, 말씀하시죠."

"자체 경비대를 만들려 하는데 이를 맡아주시겠습니까?"

"좀 더 구체적인 말씀을 부탁드립니다."

"말 그대로 우리 사업장이나 학교 등을 경비대를 창설하려 합니다. 헌데 이 경비대는 전원 무과 급제자들로만 구성하려 합니다."

이때 병호는 머릿속으로 현 일본 자위대를 떠올리고 있었다. 전원 장교와 부사관으로 구성되어 있어, 일단 유사시에는 일반 국민들을 대거 모병시켜 지휘할 수 있는 조직체를 말이다.

"그렇게 해도 무과 급제를 하고도 출사하지 못한 사람들이 워낙 많으니 가능은 할 것입니다. 하지만 녹봉을 만만찮게 주어야 할 텐데 굳이 그렇게 할 필요가 있을 까요?"

"기존 경비원들도 있질 않소?"

최성환까지 박은조의 의문에 가세를 하자 손을 저은 병호가 말했다.

"제 말을 끝까지 더 들어보세요."

"우리가 만드는 물건들이 기존 세상에 없는 물건이 전부인데, 만약 누가 염탐이라도 하러 들어오면 이를 저지할 수 있는 정예 경비대가 나는 꼭 필요합니다. 헌데 현 실정은 어떻습니까? 아시는지 모르겠지만 현 경비원들은 정식 무예를 익힌 자들이 아닙니다. 따라서 무과 급제들이나 그에 준하는 실력을 소유한 보다 강력한 경비대를 나는 창설하려는 것입니다."

"흐흠……! 일리가 있소이다."

박규수가 동조하는데 사달은 엉뚱한 곳에서 나고 있었다.

"여기 새로 오신 서 선비님께서 소직의 자리는 맡고, 소직 또한 그런 경비대라면 소석(小石: 박은조의 호)과 함께 일해보고 싶습니다."

"흐흠……!"

잠시 생각에 잠겼던 병호가 시선을 서유영에게 옮기며 물었다.

"학생들을 한번 가르쳐 보시겠습니까?"

"실력이 될지 모르겠습니다."

"운고, 지금 무슨 말을 하고 있는 것이오? 실력이야 차고 넘치지. 그 부분에 대해서는 내가 보장을 할 테니, 차라리 그게 나을 것 같소."

박규수의 말에 병호가 말했다.

"좋습니다. 서 선비께서 여기 있는 최 교수의 자리를 대체하시고, 최 교수 아니 최 무관님께서는 오늘부터 박 무관님과 함께 뜻을 같이할 무관들을 은밀히 모집해 주세요. 그 숫자는 우선 200명으로 하겠습니다."

"너무 많은 것 아니오?"

남의 속도 모르고 묻는 박규수 때문에 병호는 내심 웃음 지었으나 겉으로는 아무렇지도 않은 척 답했다.

"우리 현장이 지금만 해도 열 개가 넘는데 곧 스무 개 서른 개로 불어나는 것은 일도 아닙니다. 그렇게 되면 현장마다 채 열 명도 안 되니, 바로 증원을 해야 될 것입니다. 그래서 우선이라고 말씀드린 것입니다."

"하여간 배포 하나는 알아야 주어야 한다니까?"

박규수의 말에 병호가 희미한 웃음을 매달고 있는데 그의 입에서 갑자기 우려하던 말이 튀어나왔다.

"혹시 엉뚱한 생각을 하는 것은 아니겠지요?"

"허튼 생각이 전혀 없으니 그 부분에 대해서는 안심해도 됩니다. 본 사장이 원하는 것은 오직 돈, 돈뿐입니다. 하하……!"

"그러길 바라오. 더 이상의 생각은 서로 곤란하니까."

박규수의 말에 병호는 내심 중얼거리고 있었다.

'언젠가 시기가 좀 더 무르익으면 내 진실한 생각도 밝혀, 동의를 구할 날이 있을 것'이라고.

"그러고 보니 제철본부장은 여전히 공석이네요. 박 교수님이 책임지세요."

병호의 말에 박규수가 뜨악한 그를 얼굴로 바라보다 작게 한숨을 쉬고 말했다.

"오늘 제 강의 시간은 사장님이 책임지세요."

"얼마든지 환영합니다. 하하하……!"

제5장
향장품(香粧品)

병호는 묘시 정(卯時 正: 오전 6시)부터 시작되는 식사 시간에 오 직장과의 약속을 지킬 수는 없었다. 식당 내 교수와 학생들과의 식사 공간을 천으로 가로막은 정도인데, 그것도 공사를 해야 되기 때문에 아직 그 공사가 끝나지 않은 때문이었다.

그리고 말이 교수들과 함께 식사지 그것은 아무리 교수들이 당시에는 깨인 사람들이라 하나, 대부분 천인인 장인들과는 함께 식사를 하지 않으려 할 것은 자명한 일이므로, 학생, 장인, 교수 세 곳으로 나누어 가림막을 설치하도록 지시를 내인 바 있었다.

아무튼 한 시간의 식사 시간이 끝나자 병호는 치분을 연구하는 연구실로 향했다. 그가 향한 곳은 별도의 연구 시설이 아닌 학사 건물 내의 한 곳이었다. 치분 연구는 큰 위험이 없어 학사 건물 내 한 칸을 차지하고 있었기 때문이었다.

아무튼 병호가 연구실로 들어서자 연구실 안은 한마디로 개판이었다. 치분에 들어갈 온갖 재료 및 기구들이 질서 없이 놓여 있었기 때문이었다.

달걀껍질, 곱돌가루, 소석회, 굴 및 조개껍질, 소금, 정체를 알 수 없는 백색가루, 말린 잎, 알 수 없는 약초뿌리들, 약절구, 약저울, 심지어 모래, 오줌을 받는 통인 장군(檣缶)까지 놓여 있어 어지럽기 짝이 없었다.

이에 병호의 눈살이 자연스럽게 찌푸려지는데, 그의 등장에 깜짝 놀란 오 직장을 비롯한 장인 아홉 명이 일제히 허리 굽혀 인사를 했다.

"어서 오세요. 사장님!"

학생들은 없고 오 직장이 여기 있는 이유는 그가 칫솔은 물론 치분까지 담당하고 있었기 때문이고, 학생들은 오전 즉 7시부터 12시까지는 실습이 없고 기초 이론 내지는 여타 학문을 배우고 익히기 때문이었다.

"식사는 맛있게 했습니까?"

"네, 사장님!"

"오 직장은 가림막 공사하는 것 보았지요?"

"네, 사장님!"

"아무리 생각해도 교수들과 함께 식사하는 것은 어려울 것 같아서 장인들만 별도로 식사를 하도록 만들려는 것입니다."

"언감생심 거기까지는 바라지도 않습니다. 우리끼리만 식사를 하게 해주셔도 큰 혼잡은 피할 수 있어 충분합니다. 사장님!"

"자, 그것이 중요한 것이 아니고 어떻게 되었습니까?"

"여러 실험을 통해 치분에 들어갈 성분은 결정이 되었으나, 어느 상태로 조합을 해야 가장 좋은 치분이 될지, 그 조합 상태를 여러모로 시험하고 있는 중입니다."

"생각보다는 무척 빨라 아주 고무적입니다. 그래, 치분에 들어갈 성분은 무엇 무엇입니까?"

"여러 실험을 통해 얻은 결과 곱돌가루, 굴 껍질, 모래, 소금, 박하 잎, 감초, 오줌 등이 들어갔을 때 가장 좋은 결과 나왔습니다."

"흐흠……!"

침음하며 병호는 잠시 생각에 잠겼다.

현대 치약의 주 성분을 살펴보면 이를 크게 세 가지 기능으로 대별할 수 있는데, 연마제와 소독제 및 향료다.

연마제로 서양에서는 현재까지 벽돌 가루와 질그릇 가루 심지어 깨진 유리 가루 같은 강력한 연마재 성분들은 사용함으로써, 치아를 보호하는 법랑질을 벗겨내 오히려 이를 상하게 하고 있었다.

그래서 병호가 생각해 낸 것이 같은 연마제 성분이지만 부드러운 탄산칼슘이 주 성분인 달걀껍질, 굴 및 조개껍질, 소석회 그리고 곱돌을 생각해 냈다. 곱돌은 활석(滑石)이라 하는데 이는 화장품이나 종이 여타 구두약 등의 윤활제로 많이 쓰이지만 모스경도가 1일 정도로 부드러운 물질이다.

여기에 달걀껍질이나 굴 및 조개껍질도 모스경도로 치면 0.5정도로 부드러운 물질이기 때문에 이것들만 가지고는 연마기능 즉 불순물을 갈아내는 기능이 상당히 약했다. 따라서 치분으로 이상적인 경도인 3을 맞추기 위해, 경도가 7인 모래 가루를 넣어야 하는 모양이었다.

그리고 보면 유리의 원료라 할 수 있는 규소 성분이 주인 유리 가루로 이를 닦는 것이 이해 못할 바가 아니었다. 여기에 소금은 예로부터 그 자체로 살균 작용이 있어 넣은 것이고, 밀린 잎이라는 것은 박하(薄荷)로 치분의 향료로 넣은 것이다.

박하유의 주성분은 멘톨이며, 이 멘톨은 도포제(塗布劑), 진통제, 홍분제, 건위제, 구충제 등에 약용하거나, 치약, 잼, 사탕, 화장품, 담배 등의 청량제나 향료로 쓰이는 것으로, 대표적인 향으로는 스피어민트(spearmint) 향을 들 수 있다.

또 말린 약재 뿌리는 당귀(當歸)와 감초(甘草)인데 단맛을 가미하기 위해 쓰인 것이다. 이밖에 장군 통이 놓인 것은 오줌을 오래 두면 최종 가라앉는 물질이 암모니아인데, 이는 미백 효과를 위해 첨가하기 위해 넣은 것이다.

전생에서 대체 역사 소설을 쓰던 중 치분을 만들려고 검색을 하다 보니, 이빨을 하얗게 해주는 미백 효과의 욕구를 채워주기 위해, 1세기경 로마 의사들은 희한한 처방을 내놓은 것을 알 수 있었다.

즉 소변으로 이를 닦으면 이가 하얗게 된다는 것이었다. 소변으로 이를 닦는다는 것이 구역질이 나는 이야기지만, 아름다워지기 위해 그 정도 역겨움은 참을 수 있는 사람들이 많았다.

이 방법이 로마에 널리 알려져 자신의 소변으로 이를 닦는 것이 유행이 되다가, 점점 더 나아가 포르투갈인들의 오줌이 미백 효과가 뛰어나다는 주장이 제기되기까지 했다.

포르투갈인들은 보통 오줌보다 더 진하기 때문에 효과가 뛰어나다는 것이 그 근거였다. 상류층의 로마 여인들은 포르투갈 산 소변을 비싼 값을 주고 구입했는데 역시 효과가 있었다고 한다.

포르투갈인의 오줌이라고 딱히 성분이 진하거나 한 것은

아니었지만, 육로를 통해 긴 시간 동안 수송되면서 소변의 성
분이 발효되어, 점차 강한 암모니아 성분을 가진 덕분에, 보통
의 오줌보다 더 강한 효과가 있게 된 것일 것이다.

아무튼 소변 속에 들어 있는 암모니아는 실제로 미백 효능
이 있었으며 현대식 치약에도 암모니아가 사용되고 있으니 일
리 있는 방법이었다.

그러나 이 치분을 만들면서 병호가 가장 아쉬워한 점은 충
치 예방에 효과가 있는 플루오린(Fluorine) 즉 원소기호 F인
불소를 넣지 못한 점이었다. 불소라는 말은 일본에서 들어온
이름으로, 플루오린은 1886년에 프랑스 화학자 알리 무아상
이 플루오린화수소와 플루오린화수소칼륨(KHF2)의 혼합물을
전기분해하여 처음으로 분리해 낸 물질이다.

따라서 병호나 현 조선의 기술로는 만들 수 있는 물질이 아
니기 때문이었다. 그래도 다행인 것은 이 시대에는 충치의 가
장 큰 적인 당분을 많이 섭취할 수 있는 시대가 아니었으므로
병호는 이를 위안 삼았다.

생각에서 깨어난 병호가 말했다.

"그 성분비를 계속 실험하여 최적의 상태를 찾아내고, 이를
뚜껑이 있는 작은 도자기 병에 담아 팔 수 있도록 해주시오."

"네, 사장님!"

"그럼, 계속 수고해 주시오."

"네, 사장님!"

돌아서서 나가는 병호의 머리에는 아주 어렸을 적 써본 치분이 생각났다. 그 당시 치분은 종이 봉지에 담겨 있었지만, 병호가 종이 봉지에 담는 것을 포기한 데는 이유가 있었다.

종이 봉지에 담아 보관을 하면 치분이 공기와 접촉해 눅눅해져, 궁극에는 뭉칠 우려가 있기 때문에 도자기 병을 선택한 것이고, 어차피 이 치분이 세상에 나와도 가난한 사람들은 쓸 수 없는 고가의 사치품이 될 것이기 때문에, 보다 고급스러워 보이는 자기 병을 선택한 것이다. 이 시대의 종이값이 만만찮은 것도 한몫했고.

아무튼 병호에게는 또 하나의 아쉬운 점이 있었다. 이 치분이 서양에서도 1870년대나 되어야 대량생산되어 유통이 시작되는데, 이를 현재로서는 유럽에 특허를 내 판매할 수 없는 점이었다.

그러고 보면 칫솔도 마찬가지였다. 지금 병호가 만드는 칫솔 형태가 현재의 기술로서는 최선으로, 이것이 일차대전인가 이차대전 때 나일론이 발명되기 전까지는 최고의 상품이므로 유럽에서 먹힐 것이라는 점이었다.

이렇게 아쉬움을 안고 병호가 다음으로 향한 곳은 비누를 연구하는 곳이었다. 이곳 역시 그 위험성 및 장소의 편리성을 감안해 야외에 별채로 꾸며져 있었다.

병호가 이곳에 들어서니 이곳 역시 치분 연구소와 마찬가지로 어수선했다. 아니 그 정도가 더 했다. 수십 종의 재료가 많지는 않지만 골고루 쌓여 있는데다, 여러 공정이 복합되어, 정신을 차릴 수 없을 지경이었기 때문이었다.

그 이유는 이곳이 비록 비누를 만드는 곳이지만 장인을 뽑다보니, 의외로 향장품(香粧品) 즉 화장품(化粧品)을 만들던 장인도 꽤 많이 지원을 한 터라, 그들도 이곳에 모아 같이 연구를 시키고 있었기 때문이었다.

아무튼 병호의 예고 없는 등장에 놀란 서능인(徐能仁) 직장 이하 열네 명 장인들의 시선이 집중되었다.

"안녕하세요? 사장님!"

"잘되어 갑니까?"

"되는 것도 있고 안 되는 것도 있습니다."

서 직장이 대표로 인사를 받자 장인들은 자신이 하던 일을 계속하기 시작했다.

이에 병호는 우선 비누를 연구하고 있는 공정으로 향했다. 그러자 서 직장이 급히 따라붙었다. 십여 개의 무쇠 솥이 아궁이에 걸려 있고 그 밑에는 참나무 장작이 열기를 내뿜는 터라, 가까이 다가갈수록 열기가 후끈 전해져왔다.

병호는 말없이 그중 첫 번째 주철관으로 연결된 두 가마솥에 눈길을 주었다. 그리고 서 직장에게 물었다.

"지금 이 솥에서 저 솥으로 생증기(生蒸氣)가 보내지고 있는 중입니까?"

"그렇습니다."

"어디 비누화하는 솥을 열어봅시다."

"네, 사장님!"

병호의 지시에 두 가마솥 중 보다 큰 가마솥에 불을 때던 장인 하나가 급히 큰 솥을 열었다. 그러자 수증기가 무럭무럭 피어올라 잠시 동안은 솥 안을 엿볼 수가 없었다.

잠시 기다리니 수증기가 모두 달아났다. 이에 병호가 솥 안을 들여다보았다. 안에는 아교 형태로 굳어진 소기름이 보였다.

"이 솥에는 소기름에 무슨 잿물을 넣은 것이오?"

"콩깍지를 태운 잿물입니다. 뽕나무, 볏짚, 잡초 등 여러 잿물을 시험해 보았으나 콩깍지를 태운 물이 가장 때를 잘 지웠습니다."

"애썼군요!"

그들의 노고를 치하한 병호가 한마디하고 공정으로 향했다.

"해초를 태운 잿물도 한 번 시험해 보세요."

"네, 사장님!"

이들이 시험해 보았다는 잿물은 기존 조선에서 이미 사용하고 있는 잿물로, 지금 서양에 나와 있는 보다 강력한 양잿물을 구할 수 없어, 다른 방법을 하나 더 제시하고 있는 것이다.

아무튼 병호가 도착한 다음 공정은 단지 가마솥이 하나였는데, 종전의 아교 형태로 비누화 된 것에 소금을 넣어 염석(鹽析)을 하는 공정이었다. 아무튼 그 가마솥에 다가선 병호는 이 또한 열어보게 했다.

그러자 마치 숟가락으로 떠먹어야 할 정도로 뻑뻑한 요구르트 형태로 응고된(커드curd화) 물체가 위로 떠올라 있었다. 고개를 끄덕인 병호가 네 개의 더 연결된 공정을 보며 물었다.

"자, 세 곳은 불순물을 제거해 보다 완전한 비누를 얻기 위해 세척과 염석을 되풀이하고 있는 공정이죠?"

"세 곳은 그렇고 나머지 한 공정은 향료를 첨가하는 공정입니다. 사장님!"

"세 번에 불순물이 다 제거되었습니까?"

"네, 사장님!"

"향료로는 무엇을 넣었습니까?"

"난향, 청피, 진피, 창포, 박하, 계피, 사향 등 여러 향을 시험 중에 있습니다. 사장님!"

"아주 잘하고 있군요!"

여기서 서 직장이 말한 청피(靑皮), '진피(陳皮)' 등의 한약재 중, '청피(靑皮)'는 아직 덜 익은 귤껍질 이고, '진피(陳皮)'는 다 익은 귤껍질로 제주도에서만 나오는 특산품을 말하는 것이다.

크게 칭찬한 병호는 제일 끝 공정으로 향했다. 그곳은 기존 응고 직전의 커드화된 비누를, 현대의 비누 크기와 형태로 만들기 위해 목재 형틀에 넣고 찍어내는 공정이었다.

병호가 방금 찍어낸 비누를 집어 향을 맡아보려고 하니 서 직장이 주의를 주었다.

"아직 뜨겁습니다. 사장님!"

이에 병호가 두리번거리니 서 작장이 눈치를 채고, 솥뚜껑을 열 때 쓰던 무명천 뭉치를 들고 와, 그것으로 비누를 집어 병호의 코에 대주었다.

이에 병호가 끙끙 냄새를 맡아보니 계피향을 넣었는지 은은한 계피향이 전해져 왔다. 고개를 끄덕이며 만족한 표정을 지은 병호가 말했다.

"확실히 우리 장인들의 솜씨가 보통이 아니오. 한 마디 하면 열 마디 알아듣고. 내 생각보다 열 배는 더 빠른 속도로 일을 진척시키다니 말이오. 역시 우리 조선의 장인 아니 우리 조양물산의 장인들이 천하제일이오. 하하하……!"

갑자기 대소를 터뜨리는 병호의 머리에는 십여 년 이상 기능올림픽을 제패하는 대한민국 기능인들의 손재주가 떠오르고 있었다. 여전히 웃음을 매단 병호가 말했다.

"여러 향의 다양한 종류의 비누가 완성되는 날, 내 돼지라도 잡고 크게 잔치를 열도록 할 것이니, 그 때는 다른 장인들에게 자랑을 해도 좋소."

"감읍하옵니다. 사장님!"

서 직장의 인사에 고개를 끄덕인 병호가 다음으로 향한 곳은 미안수(美顏水)를 만드는 곳이었다. 이곳부터 조선 전래의 화장품을 만드는 곳으로, 예상외의 장인이 몰려든 덕분에 생긴 공정이었다.

미안수 공정 중 그가 첫 번째로 본 것은 박을 거두고 난 다음에 뿌리에 가까운 박 줄기를 잘라 병에 꽂아 즙을 받아내는 곳으로, 이 즙에는 미끈미끈한 성분이 있어 미안 효과를 얻을 수 있어 더 연구를 진행하고 있는 공정이었다.

다음은 수세미를 토막 내어 솥에 넣고 삶고 있었는데, 이 즙 역시 끈적거리는 성분이 있어 살결을 곱고 부드럽게 하는 동시에 윤이 나게 한다 했다. 또 이 즙에 박하 잎의 즙을 짜 넣어 향내 나게 하거나, 소주 고을 때 얻은 증류수를 혼합하면 훌륭한 미안수가 탄생하는 것이다.

즉 이것은 수렴 작용을 하므로 피부가 수축되고 시원한 느낌을 주어 여름철에 사용하면 제격이었다. 또 다음 공정은 오

254 조선의 봄

이 미안수를 만드는 공정으로 각기 다른 공정으로 진행되고 있었다.

한 공정은 오이 속을 삶아서 거르고 있었고, 또 한 공정은 삶을 때의 증기를 받고 있으며, 또 한 공정은 오이를 채 썰듯이 썰어서 즙을 내서, 여기에 봉산 또는 소주 고을 때 얻은 증류수를 조금 섞어 시험을 하고 있었다.

우리나라에서는 1960년대도 미안수가 상품명으로 사용되었으나 지금은 화장수라는 말로 바뀌었다. 화장수는 일본식 한자어로서 개항 이후에 사용되기 시작한 것이다.

영어로는 로션(lotion)인 바, 수렴 화장수, 유연 화장수, 약용 화장수 따위로 대별하나, 미안수와 화장수의 정의가 일치하는 것은 아니며 사용법과 효능 역시 일치하지 않는다.

미안수를 윤안(潤顔)이라고도 불렀는데, 면약처럼 미안수와 크림의 중간 형태로서 얼굴을 트지 않게 하고 희고 부드럽게 윤이 나게 하는 액체 상태의 화장품을 모두 일컫기도 하였다.

또한, 화장수는 화장하기 전에 밑 화장용으로 사용하는 데 반하여, 미안수는 미안수를 바르는 것만으로써 미용을 마치는 예가 많았다.

조선 시대의 미안수 기술 수준은 상당하여, 임진왜란 직후 일본에서 발매한 화장수(化粧水, 상품명 朝の露: 아침이슬) 광고 문안의 첫 구절이 '조선의 최신 제법으로 제조한……' 등으로 보아 이를 알 수 있을 것이다.

아무튼 병호는 그럼에도 불구하고 이에 만족치 않고 수박, 당귀, 창포, 복숭아 잎, 유자로도 미안수를 만들어 보도록 했다. 병호가 다음으로 가 본 곳은 연지(臙脂)를 만드는 공정이었다.

연지 곤지 찍고 할 때 볼과 이마에도 바르기도 하지만 오늘날에는 주로 입술에 바르는 연지를 만드는 공정은 재료에 따라 두 공정으로 진행되고 있었다.

하나는 식물인 잇꽃 즉 홍화(紅花) 말린 것으로 만드는 공정이었고 또 다른 하나는 주사(朱砂)로 만드는 공정이었다.

이 공정 중 병호는 말없이 첫째 번 홍화로 연지 만드는 공정을 바라보았다. 한 장인이 물에 재어놓은 마른 홍화 꽃잎을 건져내더니, 베주머니에 넣고 약 짜듯이 짜서 즙을 내고 있었다.

다음 사람은 이 화즙을 체로 쳐서 응달에 말리는 공정을, 다음 사람은 이를 말려 고약처럼 굳히는 공정을 행하고 있었는데 서 직장은 이를 그들은 '홍떡'이라 부르고 있었다.

다음 사람은 이 홍떡을 가루로 내어 덜 붉은 노란 가루를 가려낸 다음, 생나무 재나 짚을 태운 재로 홍색소를 분리시키는 공정을 진행하고 있었다. 이후 이를 다시 굳혀 고약으로 만드는 공정이 있었다.

이 모든 과정이 장인 한 사람에 통제받는 역부들이 진행하고 있었는데, 이 과정을 지켜본 병호가 지나가는 말처럼 말했다.

"연지를 얻기 위해서는 참으로 손이 많이 가는 군요. 이제 저걸 입술에 바르면 되는 거죠?"

"네, 기름에 개어 바르면 되나 더 뛰어난 연지를 얻기 위해서는 두 벌, 세 벌 되풀이할수록 상품(上品)이 됩니다."

서 직장의 답변에 병호가 물었다.

"가격이 만만치 않겠습니다."

"네, 길고 복잡한 과정도 과정이지만, 1만여 평의 밭을 재배해야, 겨우 20관 정도 얻는 것이 고작인 데다, 연작도 불가능하므로 값이 매우 비쌀 수밖에 없습니다."

"흐흠……!"

자신도 모르게 가볍게 한숨을 쉰 병호는 단지(丹脂)라 부르는 주사로 연지 만드는 공정을 관찰하는데 이 역시 복잡하기는 마찬가지였다. 그 방법을 설명하면 아래와 같았다.

날계란 두 개를 구멍을 내어 흰자를 모두 빼낸 다음, 노른자위 두개를 한 껍데기 속에 넣고 휘저어 융합이 되면, 주사 2돈, 명반 2돈을 뭉글게 갈아 사향을 조금 넣어 한꺼번에 완전히 섞은 다음, 그것을 계란 껍데기 속에 넣고 다시 열 번 가량 휘젓는다.

계란 껍데기를 절반으로 잘라 약이 든 계란의 위를 덮고 솜으로 싸서 단단히 맨 다음, 생초 주머니에 넣어서 제 즙을 안친 솥 안의 공중에 매달고 반나절을 끓이다가, 꺼내어 식히고 껍데기를 버린 뒤 다시 빻으면, 새빨간 색소가 되는 과정이었다.

확실히 두 제품을 비교해 보니 주사 쪽이 붉은색이 더 선명했다, 이에 병호가 물었다.

"보기에 주사로 만든 것이 훨씬 더 선명하군요? 사용하기에는 어떻습니까?"

"단지(丹脂)가 더 잘 발라지고 붉은색이 선명함은 물론, 윤기도 납니다. 사용하는 데도 잇꽃으로 만든 것보다는 낫고요. 그래서 주로 연지가 많이 제조 사용되고 있습니다."

그의 대답에 병호가 고개를 절레절레 저으며 말했다.

"단독(丹毒)이 우려되지 않습니까?"

"네?"

"피부가 벌겋게 되면서 화끈 달아오르고 열이 나거나, 심한 경우 붓기도 하는 증상이 나타날 수도 있으니, 가급적 단사의 양을 줄이는 게 좋겠습니다."

"네에."

대답을 길게 끄는 모양새가 크게 신경 쓰는 모양새가 아니었다. 그래서 은근히 화가 난 병호가 이빨 새로 으르렁거렸다.

"내 말 알아들었습니까? 못 알아들었습니까?"

"네."

"헛 참……!"

"이거야 알아들었다는 것인지 아닌지 원……."

"확실히 알아들었습니다."

"최대한 주사의 양을 줄이면서도 그 색깔을 연구하도록 하세요."

"네, 사장님!"

온 몸이 굳어 확실하게 답하는 그를 보면서도 병호의 답답한 가슴은 풀리지 않았다.

주사(朱砂)가 무엇인가? 유화수은(硫化水銀)은 포함하고 있는 광물이니 얼마나 무서운가? 수은중독의 폐해가 무섭다는 것을 잘 알고 있는 병호로서는 낮게 탄식하며 다음 공정으로 발걸음을 옮겼다.

"현재의 기술로서는 개량할 방법이 없으니……."

그런 그의 머리에 갑자기 현대의 립스틱이 머리에 선명하게 떠올랐다. 이에 급히 옮기던 발걸음을 멈춘 병호가, 바닥에 그림까지 그리며 나사식 작은 원통형 회전체를 설명해 주었다.

그러나 가만히 생각해 보니 지금 조선의 기술로는 쉽게 만들 수 있는 것이 아니어서, 그냥 이중구조의 원통에 그 속의 것을 좀 더 길게 만들어 밀려 올릴 수 있게, 그 용기를 만들어

보도록 그 자리에서 지시하였다.

그런 그의 머리에 미국 어느 여배우의 쓸데없는 말이 떠오를 것은 뭐람?

'여자가 남자를 계속 바꿀 수는 없기에 립스틱 색상이라도 계속 바꾸는 것이다.'

이런 쓸데없는 생각에 빠진 병호에게 서 직장에 자랑스럽게 말했다.

"오늘날 절전된 줄 알았던 연분(鉛粉)을 만드는 장인이 있을 줄은 몰랐습니다. 우리가 볼 제일 처음 작업 과정이 그 과정입니다. 한번 잘 지켜보십시오."

'연분? 이 시대에도 연분을 만들었다고? 그럼, 뒤늦게 출현해 크게 히튼 친 박가분은 또 뭐야?' '하긴 삼국시대에도 썼다는 기록이 있으니, 알 수 없는 일이군.' 병호는 속으로 중얼거리며 연분을 만드는 과정을 유심히 지켜보았다.

밑 없는 말 통에 대고지로 밑을 얽어매는 것 같더니 그 장인은 얇은 납 조각을 넣은 후 그것을 진흙으로 개었다. 그 뒤 솥뚜껑을 뒤집어 식초를 넣고는, 그 진흙을 얹어 숯불을 지피기 시작했다.

"저것이 전 과정입니다. 처음의 납 조각이 작아지면서 곁에 하얀 가루가 돋아나는데, 이 하얀 가루인 납꽃이 곧 연분입니다. 그런데 이것을 얻으려면 자그마치 보름이나 저렇게 불을 때고 있어야 합니다. 어쨌든 저렇게 해서 얻은 연분을 물이나 기름에 잘 개면, 기존 분보다 훨씬 얼굴에 잘 달라붙고 색상도 아주 희답니다."

"허허, 그래요?"

이때 병호의 뱃속에서 무안하게도 뱃고동 소리가 크게 울렸다. 이에 병호가 무안함을 달래기 위해 허허 웃으며 물었다.

"점심때가 다 된 모양이죠?"

"네."

"나머지 공정은 나중에 보죠."

"알겠습니다."

둘은 곧 밖으로 향했다. 가며 병호가 물었다.

"연분 외에 다른 분은 어떻게 만듭니까?"

"분(粉) 자(字)를 보십시오. 쌀 "미(米)'자에 가루 '분(分)' 자가 결합된 모양 아닙니까?"

서 직장이 갑자기 문자를 쓰자 해연히 놀란 병호가 물었다.

"전직이 뭐였습니까?"

"궁중의 향장(香匠)이었습니다."

'그런 직책도 있나?' 병호가 의아한 마음으로 고개를 갸우뚱하는데, 아랑곳없이 그의 이야기는 이어지고 있었다.

"그러나 실제로는 쌀로만 만들지 않고 쌀과 서속을 3 : 2로 배합하여 만들어 씁니다. 그리고 이밖에 분을 만드는 재료로는 활석(滑石), 백토(白土), 황토(黃土), 조개껍질 등이 쓰였는데, 현재는 분꽃 씨앗이 가장 많이 애용되고 있습니다."

이렇게 시작된 그의 이야기를 종합하면 아래와 같은 내용이었다. 분꽃은 1년생 꽃나무로서, 재배하기가 쉽고 채취한 씨앗으로 분을 만들기가 쉽다. 즉, 분꽃의 영근 씨를 말려 절구에 찧거나 맷돌에 갈아 체에 치면 쉽게 만들 수 있었으므로 대부분의 가정에서는 집 주변에 분꽃을 심어 자가 제조하였다.

그런데 이 백분(白粉)은 재료를 구하기 쉽고 제조 방법이 단순한 장점이 있는 반면에, 부착력이 약해 사용하기가 지극히 번거로운 단점이 있었다.

백분 화장을 하려면 분을 바르기 전에 먼저 안면의 솜털을 족집게로 뽑거나, 실 면도로써 솜털을 제거하였다. 그다음 분을 사용할 만큼 접시에 덜고 적당량의 물을 부어 액체 상태로 곱게 반죽하여 얼굴에 펴 발랐다. 이렇게 바른 백분이 건조하는 데는 약 20분가량의 시간이 필요하며, 이 동안은 반듯이 누워 있어야만 했다.

수면 중에는 피지의 분비가 왕성하여 분이 잘 부착되기 때문에 잠을 자면 화장 효과가 더욱 좋았다. 이러한 과정을 거치더라도 화장이 곱고 깨끗하게 마무리된 예는 드문 편이었다.

이와 같이 분화장의 과정이 복잡하고 까다로웠기 때문에

기생, 궁녀, 광대 등의 직업인과, 의식(儀式)에 참석하기 위하여 화장하는 경우 이외에 여염집 여자들이 화장하는 경우는 드물었다.

또한, 분 화장을 하는 경우에도 단지 분첩에 백분을 묻혀 토닥거리는 정도로 하거나, 백분을 물에 풀어 세수를 하는 정도였다. 백분 화장에 이용되는 도구로는 분을 담아 두는 분합 이외에 물을 반죽하는 접시, 분물통, 헝겊으로 둥글게 만든 분첩 등이 있었다.

또 그 이전의 사람들은 분발 색분인 산단(山丹)이라는 것을 사용했다. 산단은 꽃이 붉은 백합의 꽃술을 따서 말려 누에 고치 집에 묻혀, 여인들이 볼에 토닥거리던 것을 말한다 했다.

이 말을 들은 병호는 지금의 기초화장품이나, 콤팩트, 크림 메이크업 등이 모든 것이 백분에서 진화된 것이 아닌가 하는 생각을 했다. 그런 그의 머리에는 그의 이야기를 들으면서도 시종 떠나지 않는 화두가 있었다. '박가분(朴家粉)'이 그것 이었다.

1920년대 제조 허가 1호로 출범한 박가분의 경우, 얼마나 인기가 있었던지 하루에 5만 갑이나 팔렸다고 한다. 헌데 그 것이 몸에 해롭다는 납 성분이 들어 있는 연분임을 병호는 잘 알고 있었다.

그런데 지금의 상황을 보니 이미 조선에서는 그 폐해로 인해 연분의 제조가 절전되기 일보 직전인 모양이었다. 결국 이로 인해 신라 때부터 만들어 오던 연분의 제조 과정이 절전되었다가, 박가분에 의해 재생된 것이 아닌가 하는 추리를 병호는 했다.

그러나 그보다도 그의 마음속에는 갈등이 계속 일고 있었다. 서 직장의 말을 들어보면 박가분이 큰 인기를 끌었듯, 지금도 연분을 생산해 내면 잘 팔릴 것은 생각이 들었기 때문이었다.

그러나 함부로 입에 올릴 수 없는 것이 종전에는 주사를 가지고 단독(丹毒) 운운해 놓고는 지금 와서 연분을 만들라고는 할 수 없어, 자가당착의 모순에 병호가 빠져 있을 때였다.

"연분을 제조해 판매하는 것이 어떻겠습니까? 사장님!"

"끙……!"

자신도 모르게 괴로운 신음을 토하던 병호가 말했다.

"안 됩니다. 연분(鉛粉)을 장기간 반복 사용하면 땀구멍이 커지고 얼굴색이 변하는 부작용이 생길 겁니다. 이를 만드는 사람도 위험하고요."

"사장님! 아주 미량만 사용하면 어떻겠습니까? 기존 분의 단점인 착색이 안 되는 것을 보강하는 정도로요."

악마의 유혹에 병호의 마음은 다시 흔들렸다. 이 당시 연분을 사용하는 것은 세계적인 추세로, 나라에서 1930년대 박가분 생산을 금할 때까지 다른 나라도 그 직전까지 계속 사용했으므로, 눈 질끈 감으면 큰 돈벌이가 될 것이다.

그러나 병호는 자신의 양심을 지키고 장기적인 사업을 위해서라도 고개를 흔들 수밖에 없었다. 그것은 박가분의 예에서도 잘 드러난다. 그 폐해가 알려지며 생산 중단 조치가 취해지자, 그사이 개량된 외국의 화장품이 쏟아져 들어왔다.

그 결과는 자명하게도 국산은 안 된다, 못 쓴다는 자기 비하로 이어졌고, 이것이 1980년대까지 이어졌으니, 신뢰가 얼마나 중요한 것인가를 단적으로 증명하는 예라 하겠다.

"당장 연분을 만드는 공정을 중지시키세요."

"꼭 그렇게까지……."

우물쭈물하는 서 직장을 향해 병호는 벽력같은 호통을 내질렀다.

"내 말 안 들립니까?"

"알겠습니다."

마지못해 생산 현장으로 가는 서 직장을 내버려 두고 병호는 혼자 식사를 하러갔다.

점심 식사가 끝난 후 병호가 다시 비누 만드는 현장을 찾아갔을 때는, 이 조에 소속된 학생 열 명 정도가 실습에 임하고 있었다. 그가 안으로 들어서자 학생들이 큰 소리로 인사를 했지만 그의 마음은 무겁기만 했다.

지금 비누를 만드는 공정을 시험하고 있지만 지금 유럽에서는 소위 양잿물이라는 가성소다($NaOH$) 제법이 출현해 보다 세척력이 우수한 비누가 생산되고 있는 실정이기 때문이었다.

물론 이 제법이 공해 등 많은 문제를 안고 있어 머지않아 출현할 솔베이법에 의해 역사의 뒤안길로 사라지겠지만, 이런 것을 알면서도 재래의 공법으로 비누를 만들 수밖에 없는 자신이 한심스러웠던 것이다.

물론 이를 위해 조선을 떠난 앵베르 주교에게 건넨 서찰에 부탁한 것이 있지만, 그것이 잘 이루어질지는 알 수 없는 일이었으므로, 무거운 마음이 가시지는 않았다.

어찌되었든 처음의 비누 공정부터 한 바퀴 돌아 연분 제조 과정이 폐쇄된 것을 확인한 병호는 서 직장의 안내로 다음 공정으로 갔다. 머릿기름을 만드는 공정이었다.

그중의 하나인 아주까리기름을 본 병호는 생각이 많아졌다. 전작 소설을 쓰기 전까지 그는 아주까리기름이 왜정 때 들어온 것으로 알고 있었다. 그러나 조사를 하다 보니 그게 아니었다.

고려 때 중국을 통해 유지작물(油脂作物)로 도입되었을 것으로 추정되는 일명

피마자(蓖麻子)는, 불교 경전 속에서 좋은 식물로 기록되고 있지는 않지만 불교와 관련이 매우 깊은 식물이었다.

피마자기름이 썩으면 냄새가 상당히 지독하다고 적고 있는데, 그 냄새의 강도는 40유순(1유순(由旬)은 약 15㎞)의 거리까지 그 악취가 진동한다고 적고 있다.

또 독을 가진 피마자 나무를 번뇌에 시달리는 인간으로 비유해 악취를 풍기는 피마자에서 단향의 싹이 나오는 것처럼, 악업을 행한 사람도 부처님께 귀의하면 구제를 받을 수 있다는 점을 강조하고 있었다.

병호가 생각을 하느라 잠시 서 직장의 설명을 놓쳤는데 그의 설명은 '임자유(荏子油)'에 이르고 있었다. 이에 처음 들어보는 기름의 종류에 병호는 묻지 않을 수 없었다.

"임자유가 뭡니까?"

"임자유는 들깨로 만든 기름인데 이것을 빗에 칠해 말린 다음에 빗질하면 검은 윤기가 오래 지속되어 인기가 매우 높습니다. 따라서 임자유는 동백이나 수유, 아주까리로 만든 머릿기름보다 더 고급으로 쳐줍니다."

임자유가 결론은 들기름이라는 말에 병호는 허탈해지지 않을 수 없었다. 그런 그에게 서 직장의 머릿기름의 한 종류지만 형태와 용도가 다른 밀기름에 대한 설명은 그런 그의 마음을 희석시켜 주고 있었다.

"밀기름은 꿀 찌꺼기인 밀랍으로 만든 것인데, 동백, 수유, 아주까리, 임자 등 다른 머릿기름에 비하여 접착력이 강한 특성이 있습니다. 밀기름은 마치 소형의 주걱과 비슷한 살쩍밀이에 묻혀 살쩍머리(뺨 위, 귀 앞쪽에 난 머리카락)를 부착시킬 때에 사용합니다."

그의 설명에 병호는 포마드를 떠올리고 그와 비슷한 종류가 아닌가 하는 생각을 했다. 또 하나 계속 귀에 거슬리는 수유(茱萸)에 대해 물었다.

"수유가 뭡니까?"

"동의보감에는 수유(茱萸)나무 종류로 산수유(山茱萸), 오수유(吳茱萸), 식수유(食茱萸) 등 세 종류로 기술 하고 있는데, 세 종류의 수유는 모두 몸 안의 냉기를 다스리는 약재랍니다. 또 이 수유 씨에서 채취한 기름은, 바른 뒤 끈끈하지 않고 냄새가 약하며 머릿결을 부드럽고 윤기 나게 하기 때문에, 여인들뿐만 아니라 남자들도 애용하고 있습니다. 특히 수유로 만든 머릿기름은 귀신을 물리치는 효능이 있다고 하여 남녀 모두에게 애용되고 있습니다."

그의 해박한 지식에 깜짝 놀란 병호는 그의 과거가 궁금해져 물었다.

"참으로 박학다식하군요. 어떤 삶을 살아왔습니까?"

자신의 칭찬에 병호는 그의 얼굴이 밝아질 줄 알았다.

그러나 그의 물음 때문인지 서 직장의 얼굴이 순간적으로 굳어지는 것을 보았다. 이에 자신이 무슨 실수를 했나 의아한 생각이 들었다. 하긴 실수를 한 가지 하긴 했다.

이곳을 관리하는 사무실에 가면 그에 대한 기록이 있을 것인데 전혀 보지 않고 그를 마주 대하고 있는 것일 것이다. 아무튼 병호의 이런 생각이 끝나기 전 그의 얼굴은 어느새 모든 어둠을 떨쳐 버린 사람처럼 평온한 얼굴로 자신의 과거를 술회하기 시작했다.

그의 얘기를 간단히 정리하면 다음과 같은 내용이었다. 그는 원래 시골의 상민 출신이었으나 대부분 조선의 농촌이 그러하듯 그의 유년 시절은 매우 가난했다 한다.

그런 그의 집에는 개 한 마리를 기르고 있었는데, 당시 대부분의 농촌에서처럼 사람 먹을 것도 없는데 개에게 따로 먹이를 줄 수 없는 형편이므로, 배가 고픈 개는 그가 마당에서 변보는 것만 보면 달려들어 땅에 떨어질 새 없이 삼키다가, 그날은 너무 성급히 굴다 그의 고환을 물어뜯는 참변이 발생했다 한다.

그 와중에서도 살아남은 서능인은 자신이 성장함에 따라 성불구임을 알고 가난한 집을 위해 궁의 내시에 지원하여 당당히 합격하였다. 이후 그는 내시 수업을 받게 되었는데, 그 과정에서 가르쳐 주는 사서오경 등의 학문에는 별 재미를 느끼지 못하고 번번이 통(通)을 받지 못해 유급이 되었다.

그 와중에서 유일하게 그의 흥미를 끄는 것이 있으니 궁녀들이 쓰는 향장품이었다. 결국 그는 내시 과정을 통과하지 못하고 향장이 되는 길을 걸어 오늘에 이르렀다 했다.

그리고 말미에 그는 향장품의 종류가 워낙 많다 보니 요즘 새롭게 공부하다고 있다는 말도 덧붙였다. 씁쓸한 표정으로 이야기를 끝낸 그의 등을 두드려 주며 병호가 말했다.

"앞으로 향장품 분야를 별도로 크게 키울 것이니 서 직장께서 이를 맡아 관리해 주시오. 하면 이 사업이 성장함에 따라 대우도 크게 향상시켜 줄 것이니, 과히 기대해도 좋소."

"소직이 좋아하는 이 분야가 번창하도록 최선을 다하겠습니다."

"하하하! 좋소! 우리 힘써 노력해 봅시다."

새삼 그의 손을 굳게 잡은 병호는 이후 이 공정에서 창포에 쑥을 넣어 함께 삶은 것이 요즘의 샴푸와 같은 용도로 사용되는 것을 보고, 거기에 잿물을 넣어 좀 더 세척력을 보강하도록 지시를 했다.

또 꿀 찌꺼기 즉 밀랍을 얼굴에 골고루 펴서 영양을 흡수시킨 뒤 떼어내는 오늘날의 팩(pack)과 같은 용도, 또 복숭아꽃을 찧어 발라 여드름 치료에 사용하고, 콩, 팥, 면화, 능수자의 꽃을 함께 섞어 바르거나 계란 노른자와 살구 씨를 으깨어 기미를 예방하기도 한다는 말에, 이 시대에도 '있을 것은 다 있었구나!' 새삼 감탄하는 계기가 되었다.

다음으로 두 사람이 간 곳은 향료(香料)를 만드는 곳이었다. 이곳에서 병호는 서 직장의 설명부터 들었다. 그의 설명에 의하면 조선 사람들이 애용하는 향은 주로 침향(沈香)과 난향(蘭香), 사향(麝香)이라 했다.

또 선비들이 손쉽게 만들어 쓰는 향으로는 늙은 소나무와 잣나무의 뿌리, 가지, 잎과 열매를 절구에 찧어 소나무 진에 섞어 응고시킨 것이 있다는 사실도 새롭게 알게 되었다.

침향은 천년 동안 맑고 깊은 수저(水底)에 담가두었던 향나무를 바람과 햇빛에 말리면 고목의 그윽한 향을 얻게 되고 그것이 바로 침향이라 했다. 침향하면 빼놓을 수 없는 것이 매향(埋香)인데, 매향은 강가나 바닷가에서 자라는 향나무를 민물과 바닷물이 만나는 포구에 묻어두는 것을 말하는 것이다.

향나무를 포구에 묻되 빠르게는 50년, 늦게는 천년 동안 놔둔다. 그동안 향나무의 불필요한 부분은 모두 없어지고 향이 스며든 나무즙만 남는다. 이렇게 남은 나무즙은 평소 때 향나무에서 나던 진한 향은 나지 않는다.

그러나 나무즙에 불을 붙이면 신비로운 향냄새가 난다. 이 나무즙은 쇠만큼이나 단단해서 천만 년의 세월이 흘러도 벌레를 먹지 않는다. 이는 침향목에 독특한 물질이 들어 있기 때문이다.

경상북도 안동 봉정사와 함께 한국 건축사에 빛나는 영주

부석사 무량수전이 오랜 세월 지금까지 남아 있는 이유는 건물을 지은 후 침향을 피웠기 때문이라 했다.

또 무량수전 안에 칠해진 이른바 단청이 아직도 남아 있는 것도 침향목으로 만든 향을 피웠기 때문이라 했고, 이는 침향의 향을 물감에 달라붙게 하여 물감을 변질시키지 않게 하는 원리라 했다.

그의 말끝에 병호가 침향의 무슨 향 때문에 그렇게 되는 것인지를 그에게 물었으나 그에 대해서는 그도 답변을 못했다. 다음으로 그가 설명한 것은 사향에 관한 것이었다.

조선 사람들은 향 중에서도 사향을 최상으로 여기는데, 사향은 사향노루 수컷의 복부에 있는 선(腺) 분비물로, 그 달걀만 한 크기의 향주머니 속에는 평균 8~16근 정도의 향료가 들어 있다고 했다.

이 향주머니를 절개하면 내부에 암갈색의 가루가 들어 있는데, 이 향주머니를 잘게 썰어 유지에 녹임으로서 향지(香脂)를 만들고 이 향지가 바로 향장료의 원료가 된다 했다.

또 그는 사향은 성욕 촉진제로서 사람을 흥분시키는 효과가 뛰어나, '침실의 비향'이라고도 부른다 했다. 그래서 미운 딸이 시집갈 때면 소박을 면하게 하기 위해 사향 낭을 건네주었다고도 했다.

'싸고 싼 사향도 냄새가 난다'는 말과 같이 사향은 지속성이 대단히 강하다. 그래서 조선 사람들은 향을 특히 신성하게 여겨, 서약할 때나 독서를 할 때도 상용하는 등 화장에만 국한하지 않았음을 알 수 있었다.

병호는 이런 생각 끝에 갑자기 떠오르는 것이 있어 물었다.

"저것이 사향낭을 만드는 공정이지요?"

"그렇습니다."

"저걸 하나만 내게 주시오."

병호의 다급한 말에 서 직장이 빙그레 웃으며 물었다.

"어디 쓰실 때가 있습니까?"

무안해진 병호가 그의 물음에는 답하지 않고 다급하게 말했다.

"저 사향을 말이오. 아니 모든 향료를 소주 고을 때 나오는 증류수에 섞어 실험을 한번 해봅시다. 그래서 효과가 좋으면 그 향수(香水)를 대대적으로 시판하게."

"향수요?"

"그렇소. 가만히 보아하니 알코올 험, 험… 소주 중류수에 향을 녹인 제품들이 전혀 없질 않소. 하니 그렇게 만들어도 효과가 좋을 것 같고, 이는 항시 차고 다니는 것이 아니라, 필요할 때만 잠깐 잠깐 맥박이 뛰는 손목 부위라든가, 또 피부가 얇은 겨드랑이 등에 살짝 뿌려 사용하면, 그 효과가 매울 좋을 것 같소."

"알겠습니다. 시험 제조를 한번 해보죠."

"해보죠가 아니라 당장 증류수 가져다 사향수 한 병을 제조해 주시오. 내 오늘 저녁이라도 당장 시험해 볼 테니까."

"알겠습니다."

빙그레 웃으며 소주 증류주를 가지러 가는 서 직장을 보고 병호는 기대에 부풀어 혼자 미소 지었다.

잠시 후.

서 직장이 소주 증류수를 가져와, 실제 사향수 제작 과정에 들어간 것을 보며 병호가 말했다.

"사향의 양을 계속 조절해 가장 좋은 상태를 찾아내는 것이 이 제품의 성패를 좌우할 것이오. 따라서 계속 시험하여 최적의 상태를 찾아내도록 하시오."

"알겠습니다. 사장님!"

그의 대답에 만족한 표정을 지은 병호지만 어어 지는 서 직장의 난향에 대한 설명에는 전혀 귀를 기울이지 않고 있었다. 이미 건네받은 사향 주머니를 만지작거리며 딴 생각을 하고 있었던 것이다.

이것을 서 직장도 눈치챘는지 그가 갑자기 난향(蘭香)이라는 기생 이야기로 옮겨 갔다. 그러자 병호의 시선에 그에게로 향하며 귀를 쫑긋 세웠고, 이어지는 그 이야기는 귀에 쏙쏙 들어왔다.

병호는 향장(香匠)이 만들어 준 사향 주머니(囊)와 자그마한 도자기 병에 들어 있는 사향수(麝香水) 한 병을 가지고 지금 집으로 돌아가는 중이었다. 물론 그 외에 선물이 하나 더 있긴 있었다.

아무튼 향수 등 여러 선물을 챙기고 나니 더는 실험실에 있고 싶은 생각이 싹 사라졌기에, 병호는 향장 사업부라 명명한 그곳을 빠져나오자마자 곧장 집으로 향하고 있는 중이었다.

그런 그의 머리에 떠나지 않는 것이 있으니 서 직장이 들려준 기생 난향(蘭香)의 이야기였다. 그가 들려준 이야기는 다음과 같은 내용이었다.

옛날에 황흠이라는 사람이 평양 감사를 하고 있었다. 그 아들은 황규하라 하였는데 책상 도령으로 아버지를 따라 평양으로 오게 되었다. 평양에는 난향이라 불리는 기생이 있었는데 어느 날 우연찮게 황규하 도령과 만나 서로 사랑하게 되었다.

그러다가 황 대감이 다시 서울로 발령을 받아 황 도령은 서울로 돌아가게 되었다. 황 도령은 난향에게 과거에 합격하는 대로 꼭 데리러 온다고 약속을 하고는 서울로 갔다.

세월이 흘러 여러 해가 지나갔는데도 황 도령은 연락이 없고, 난향은 주변에 치근덕거리는 남자들 때문에 견딜 수가 없었다. 기다림에 지쳐 하루는 난향이 집 앞에 있는 샘물에 빠져죽으려고 자살을 시도했으나 사람들에게 들켜 미수에 그치고 말았다.

다시 살아나게 된 난향은 '죽으나 사나 황 도령을 찾아가야 겠다.'고 생각하고, 서울로 황 도령을 찾아 나섰다. 서울에 도착하여, 묻고 물어 황 도령을 찾아가 보니, 황 도령은 이미 고향인 홍주로 내려갔다고 했다.

난향은 평양에서 서울까지 그리고 다시 홍주까지 몇 천리를 걸어 내려가 홍 도령을 찾았으나, 홍 도령은 이미 죽었고, 죽기 전에 혼인까지 한 사실을 알게 되었다.

난향은 평생 남편으로 생각한 홍 도령이 혼인까지 하고 죽었다는 사실에 큰 실망을 하였지만, 동네 사람들에게 부탁하여 홍 도령 산소 옆에서 움막을 짓고 살았다.

이때 난향은 이미 오랜 여행으로 병들고 지친 몸이지만 마지막으로 절개를 지켜 아내의 역할을 하려고 한 것이다. 그러던 어느 날 마을 사람들이 황 도령의 산소 옆에 난향이 죽어 있는 것을 발견하였다.

마을 사람들은 난향의 절개가 아름답고도 불쌍하여, 죽어서라도 황 도령과 함께 있으라고 황 도령 산소 옆에 난향의 산소를 써주었다. 훗날 황 도령의 자식들이 장성하여, 아버지의 묘를 이장하였는데, 난향의 묘는 그냥 두고 황 도령의 묘만 이장을 하였다.

그런데 황 도령의 유골이 언덕 아래로 옮겨갈 때, 난향의 묘에서 오색 무지개가 피어오르면서 황 도령의 상여를 따라갔다고 한다. 그 뒤로 사람들이 난향의 묘가 있는 언덕을 '무지개 말랭이'라고 불렀고, 황 도령의 후손들은 대를 잇지 못하고 절손되었다고 한다.

이후 황씨 문중에서는 기생이지만 절개를 지킨 난향을 기려 해마다 제사를 지내고, 산소를 깨끗하게 단장하고 있다는 이야기였다. 병호가 이런저런 생각을 하며 집에 도착하니 아직 해가 조금 남아 있었다.

이에 마음 같으면 바로 지홍이 있는 안채로 달려가고 싶지만 아직 해도 남아 있음을 감안하여, 잠시 휴가를 주어 집에 있던 장쇠를 불러 정보부장 이파를 불러오도록 지시했다.

만약 특별한 일이 있으면 이파가 강남 연구소로 득달같이 달려와 보고하였을 것이나, 그런 일이 없는 것으로 보아 특별한 일은 없으리라 생각했다. 그래도 천주교인들을 국외로 빼돌리고 나서 조정의 동향이 궁금해 그를 부른 것이다.

아무튼 어디 있었는지 몰라도 이각 정도가 지나자 이파가 병호의 방으로 들어왔다.

"부르셨습니까? 사장님!"

"조정의 근황이 궁금해서 말이오."

"어젯밤 남병철이 전한 내용을 기록해 놓은 것이니 한번 읽어보시지요."

이파가 내미는 두루마리를 빼앗듯이 받아든 병호가 두루
마리를 쭉 펼치니 다음과 같은 내용이 기술되어 있었다.

[임금이 희정당(熙政堂)에 나아가 대신(大臣)과 비국당상(備
局堂上) 및 평안 감사(平安監司) 김난순(金蘭淳)을 인견(引見)하
였는데, 김난순은 사폐(辭陛: 지방으로 떠나는 신하가 임금에게
하직 인사를 함)하기 위함이었는데, 대왕대비(大王大妃)가 하
교(下敎)하기를,

"근래에 추조(秋曹: 형조의 별칭)에서 사학(邪學)을 징치(懲治)하
고 있는 것이 어떠한가? 이러한 무리를 만약 진작 제거하지 않는
다면, 만연될 염려가 심상할 뿐만이 아닌데, 어떻게 한때에 소홀
하여 이와 같이 지체할 수 있겠는가?"

하였는데, 우의정(右議政) 이지연(李止淵)이 말하기를,

"당초에 소문이 낭자(狼藉)할 뿐만이 아니었는데, 신칙(申飭)하
라는 명령을 내린 이후 아직 붙잡힌 자가 없습니다. 이는 반드시
저 무리들이 징계되어 두려워하는 바가 있어서 마음을 바꾸어 그
러한 것은 아닐 것입니다."

하였는데, 대왕대비가 하교하기를,

"비록 붙잡혀서 형벌(刑罰)을 당하는 자도 오히려 죽음을 두려
워하지 않는데, 붙잡히기 전에 법을 두려워하여 스스로 새롭게

된다는 것을 어떻게 기필할 수 있겠는가?"

하자, 이지연이 말하기를,

"수십 년 전에는 인심(人心)이 오히려 모두 두려워하고 분개하여 사학(邪學)을 토죄(討罪)하는 법이 있음을 알았는데, 지금은 그렇지가 않아서 심상하게 여기고 있으니, 이것이 가장 우려(憂慮)하고 민망하게 여길 만한 일입니다."

하자, 대왕대비가 하교하기를,

"가장집물(家藏什物)을 수탈(收奪)하지 못하게 한 후부터 포교(捕校)의 무리가 다시 붙잡은 자가 없다고 하니, 어찌 이와 같은 국체(國體)가 있겠는가? 이것은 나 혼자 근심하는 것이 아니고, 조정에서 함께 깊이 염려하고 있는 것이다. 오래지 않아서 조정의 사대부(士大夫) 사이에도 물드는 자가 없을 것을 어떻게 알겠는가? 대신(大臣)이 나간 후에 포도대장(捕盜大將)을 불러서 신칙(申飭: 단단히 타일러 경계함)을 더함이 옳을 것이다."

하자, 이지연이 아뢰기를,

"명심 봉행하겠나이다." 하였다.]

이를 다 읽어 본 병호가 말했다.

"한마디로 사학죄인이 제대로 잡히지 않으니 포도대장보고 더 열심히 잡아들이라는 소리군."

"그렇습니다."

이파의 대답에 고개를 끄덕이던 병호가 갑자기 화제를 전환했다.

"부상, 검계, 송상 등에 부탁해 유능한 덕대(德大: 남의 광산의 일부에 대한 채굴권을 맡아 경영하는 사람)가 있으면 찾아내어 내가 만날 수 있게 해주시오."

"광산 개발이라도 하시게요?"

"음."

"어디 좋은 금 은광이라도 봐두신 데가 있습니까?"

"아니, 어쩌면 그보다 더 중요한 자원일 수도 있지. 그렇게만 알고 광산 기술이 뛰어나거나 많은 광군(鑛軍)을 거느린 자가 있으면, 내가 만나 볼 수 있도록 조치해 주시오. 내 모든 지시가 그렇듯 빠르면 빠를수록 좋소."

"알겠습니다. 사장님!"

"하고 만상으로부터는 연락이 없소?"

"용지를 두 곳으로 압축하고 고심하고 있는 것으로 알고 있습니다. 그것이 좀 시일이 지난 일이니 지금쯤은 용지 확보에 들어갔을 지도 모르죠."

"알겠소. 그만 나가 일보시오."

"네, 사장님!"

그가 나가자 병호는 분명 방에 다른 사람이 없는 데도 방안을 한 번 더 살펴보고는, 방 한쪽에 놓여 있던 잘 포장된 선물 꾸러미 하나를 조심스럽게 풀었다.

그리고 그것을 들고 바라보는 병호의 입가에는 흐뭇하지만 어딘가 야릇한 미소가 맺혀 있었다. 지금 그가 들고 있는 것은 뜻밖에도 브래지어였기 때문이었다.

안팎 모두 부드러운 비단 재질에 가운데는 햇솜을 넣어, 촘촘히 누빈 자색의 가슴가리개였다. 그러나 한 가지 아쉬운 점은 후크를 만들 수 없어 끈 형태로 사람이 뒤에서 매듭을 짓는 형태였다는 점이었다.

아무튼 병호는 이것을 만들기 위해 궁중 상의원(尙衣院) 출신 침선장(針線匠)을 수배해서 구함은 물론, 여러 침선비(針線婢)까지 동원하여 그녀를 돕게 했다. 그러나 안타깝게도 아직 그녀들은 생리대는 완벽하게 만들어내지 못하고 있었다.

모양은 만들었지만 기능이 만족스럽지 못해 오늘은 들고 오지 못한 것이다. 아무튼 브래지어를 혼자 흔들며 히죽히죽 웃는 그의 머릿속에는 최초 브래지어가 만들어진 배경이 떠오르고 있었다.

브래지어(brassiere)의 어원을 찾아 올라가면 프랑스어 brassiere가 나온다. 속옷 혹은 갑옷, 아기의 속셔츠, 군대 유니폼을 의미하는 말이다. 그러나 현대적인 의미의 브래지어라는 단어의 시초에 대해서는 의견이 분분하다.

여러 의견들 중에서 가장 유력한 것은 이 단어를 공식적으로 사용한 곳이 1907년 미국의 패션지인 '보그(Vogue)'라는 이야기다. 그러나 당시 '보그'가 소개한 브래지어는 착용이 상당히 번거로웠고 미적인 관점에서도 딱히 좋은 점수를 주기 어려운 물건이었다.

우리가 익히 알고 있는 브래지어는 1913년 뉴욕 사교계의 명사였던 메리 펠프스 제이콥스의 손끝에서 시작됐다. 당시 뉴욕 사교계에서 메리를 모르면 간첩이었다. 그녀는 열정적으로 사람들을 만났고 파티를 즐겼다. 그 누구보다 사람들의 관심을 받는 걸 즐거워했다. 그러기 위해서는 패션도 언제나 최첨단을 걸어야 했다.

어느 날 메리는 파티를 위해 비장의 아이템을 준비했다. 실크 드레스였다. 실크의 우아한 자태와 아름다운 실루엣은 그녀를 빛낼 것이 분명했다. 그러나 문제가 발생했다. 실크가 너무 얇아서 속이 다 비치는 것이었다.

그녀는 이브닝 코르셋을 생각해 봤지만 아무리 이브닝 코르셋이라도 실크 드레스를 소화하기는 힘들었다. 이때 어지간한 여자라면 실크 드레스를 포기했을 것이다. 그러나 파티광이자 뉴욕 사교계의 스타였던 메리는 그 드레스를 포기하고 싶지 않았다.

필요는 발명의 어머니라 했던가? 메리는 즉석에서 거느리고 있던 두 명의 프랑스 하녀를 닦달했다. 당장 실크 드레스를 입을 수 있는 속옷을 내놓으라고 압박한 것이다.

결국 메리와 프랑스 하녀는 두 개의 흰 손수건과 분홍색 베이비 리본, 얇은 줄을 가지고 젖가슴을 살짝 가리는 형태의 새로운 속옷을 만들어냈다. 이때까지만 하더라도 세 명의 여자들은 자신들이 인류 복식사에 어떤 영향을 끼쳤는지 깨닫지 못했다.

그날 밤 메리는 사교계의 스타가 됐다. 당연한 일이었다. 원래 스타였던 메리가 비장의 아이템인 실크 드레스까지 입고 나타난 것 아닌가! 게다가 여기에 더해 파티에 나왔던 많은 여자들이 그녀의 손수건으로 만든 속옷에 관심을 보였다. 파티장에 있었던 여자들은 너나할 것 없이 메리의 속옷을 원했다.

사람 좋은 메리는 프랑스 하녀를 데리고 이 속옷을 만들어서 친구들에게 선물한다. 그리고 이 속옷에 '브래지어(brassiere)'라는 이름을 붙였다. 이윽고 대망의 1914년 11월 3일에는 '브래지어'란 이름으로 의장 특허를 받으면서부터 본격적으로 속옷 사업에 뛰어들게 된다.

훗날 커레서 크로스비로 개명한 메리는 1914년 변리사를 고용해 특허를 얻고 100달러로 재봉틀 두 대를 빌려 브래지어를 만들기 시작했다. 여기까지가 브래지어 역사의 시작이다.

생각에서 깨어난 병호는 아직 해가 조금은 남았지만 더 이상 참을 수가 없었다. 지홍의 반응이 너무 궁금해 선물 꾸러미를 들고 일어나다가 무슨 생각인지 다시 장쇠를 불러 솜을 조금 가져오도록 했다. 그리고 사향수를 양손목과 겨드랑이에 조금 뿌렸다.

모든 준비를 마친 병호는 곧 방을 나와 의젓하게 안채를 걸어가기 시작했다.

"에헴!"

머지않아 안채에 도착해 하녀의 인사를 받은 병호는 그녀에게 주안상을 준비시키고 헛기침을 연신 해댔다.

"험, 험……!"

"어머! 서방님!"

지홍이 문을 활짝 열고 튀어나오며 반색을 했다.

"잘 지냈소?"

"그럴 리가요? 서방님이 안 계신데 독수공방 기나긴 밤, 한숨으로 밤을 지새우니… 밤은 왜 이렇게 긴지."

지금이 음력 5월 말로 양력으로 치면, 하지 전후로 밤이 제일 짧을 때인데도, 병호는 살짝 비켜서서 함초롬히 비 맞은 배꽃처럼 서 있는 그 모습이 너무 아름답고, 작은 입술에서 흘러나오는 말이 귀여워(?), 그런 생각은 천리만리 달아난 지 오래였다.

"자, 방으로 들어갑시다."

"그 손에 든 게 뭔가요?"

"당신에게 줄 선물!"

"어머! 정말이시죠?"

'후후후! 이 선물이 뭔지 알면 기겁을 할 텐데?'

내심 생각하니 자신도 모르게 병호는 히죽히죽 웃음이 나오는 것을 금치 못했다.

"자, 방으로 들어갑시다."

"네."

곧 두 사람은 방안으로 들어와 마주 앉았고, 앉기 바쁘게 지홍이 아양을 떨며 말했다.

"보여 주시와요."

"험, 험… 대저 밥을 하더라도 뜸을 들여야 제대로 된 밥이 되듯, 우리 술 한잔하고 흥이 올랐을 때 보여주는 것이, 그대를 더욱 기쁘게 할지니 잠시 기다려 보오."

"알겠사옵니다. 서방님!"

대답한 지홍은 무엇인지 급한지 자리에서 벌떡 일어나 그 길로 부엌으로 가, 하녀를 닦달해 손수 주안상을 들고 들어왔다. 그리고 병호에게 술잔을 쥐어주며 말했다.

"천첩의 술 한 잔 받으시와요."

"험, 험… 그럴까?"

곧 병호가 잔을 내미니 지홍이 조심조심 술을 쳤다. 이렇게 잔이 다 차자 병호는 그녀가 든 술병을 낚아채며 말했다.

"당신도 한 잔 받으오."

"감읍하옵니다. 서방님!"

이렇게 두 사람은 주고받거니 하며 채 이각도 되지 않아 두 병의 술을 다 비웠다.

이렇게 되자 지홍의 예쁜 얼굴은 복사꽃보다 더 붉게 달아 올라 더욱 보기 좋았고, 병호 또한 흥취가 서서히 오르기 시작했다. 그런 이때 지홍이 목까지 붉히며 말했다.

"서방님, 오늘따라 제 몸이 이상하옵니다."

"뭐가 이상하단 말이오?"

"여느 날과 달리 가슴이 쿵쾅거리고… 에힝, 말로 해야 알 아듣나요?"

"내 품에 안기고 싶단 말이오?"

"네!"

답하고 부끄러운 듯 지홍이 얼른 고개를 숙이니, 그 모습이 실로 눈부시게 아름다워 병호 또한 절로 안고 싶은 마음이 들었다. 그러나 병호는 이를 헛기침으로 달래며 말했다.

"험, 험… 자, 내 선물을 공개할 테니, 저고리를 벗어보오."

"네? 선물과 제가 저고리를 벗는 것과 무슨 상관이 있사옵니까? 그냥 주시면 되시지요."

"이 선물이 가슴과 관계가 있기 때문이오."

"네? 혹시 당사(唐絲: 중국산 비단)라도 되옵니까?"

"그보다 더 좋은 것이니 어서 벗어보기나 하오."

"부끄러워서……!"

막상 멍석을 깔아놓자 정말 부끄러운 듯 고개를 꼬고 함초롬히 앉아 있는 그 모습이 더욱 고혹적이라 병호는 더 이상 참지 못하고 그녀에게 달려들어 손수 그녀의 저고리를 벗겨내었다.

그러자 바로 그녀의 가슴을 가린 붉은 비단천이 나타났다. 초여름이라 저고리 외에는 걸치지 않은 모양새였다. 아무튼 그녀의 터질 듯 부풀어 오른 젖무덤을 보는 순간 병호는 이래저래 당황하지 않을 수 없었다.

양지유(羊脂油)같이 뽀얀 속살에 부푼 가슴을 보는 것만으로도 몸을 어디다 두어야 할지 당황스러운 일이지만, 더욱 당황스러운 것은 그녀의 가슴 크기를 잘못 측정했다는 것이 바로 드러나는 순간이었다.

그렇지만 이제 와서 선물을 공개하지 않을 수도 없는 노릇이라, 병호는 부끄러워 더욱 고개를 숙이고 있는 그녀를 외면하고 포장된 선물 꾸러미를 풀며 말했다.

"가슴가리개도 벗으오."

"네? 부끄럽게 어찌……!"

"싫소?"

"그, 그것이 아니오라, 너무 부끄러워……."

"서방에게 안 보여주면 누구에게 보여준단 말이오?"

"맞는 말씀이오나……."

"홍!"

자꾸 지홍이 주저하자 병호가 냉랭하게 콧방귀를 뀌며 돌아앉았다.

"하면 보지 마시옵소서!"

"알겠소. 내 이렇게 돌아앉아 있으리다."

"네."

곧 지홍은 부스럭거리며 가슴을 가린 천을 손수 풀기 시작했다.

이윽고 그녀가 다 풀었는지 말했다.

"다 됐습니다."

"그래요?"

곧 돌아앉은 병호는 그녀의 모습을 보는 순간 다시 한 번 심장이 급격히 뛰노는 것을 인지할 수 있었다.

두 손으로 가슴을 가린다고 가렸으나 가슴이 너무 큰 까닭인지 그녀의 섬섬옥수로 다 가리지 못한 뿐안 가슴의 속살이 삐죽삐죽 튀어나와 실로 그 모습이 너무 고혹적이었기 때문이었다. 그런 그녀를 잠시 바라보던 병호가 붉어진 얼굴로 말했다.

"그 손을 떼오."

"네?"

"보여주기 싫소?"

"그, 그게 아니오라······."

"당신이 예상하는 바와 같이 내 선물이라는 것이 가슴 가리개요. 하지만 여느 가리개와는 다르니 내 직접 당신에게 입혀(?)주고 싶소."

병호의 말에 잠시 난처한 표정을 짓던 그녀가 곧 어쩔 수 없다는 듯 체념의 표정과 함께 두 손을 서서히 떼었다.

마지막 손가락이 그녀의 젖무덤을 떠나는 순간 병호는 보았다.

출렁!

당연에게도 중력에 의해 그녀의 가슴이 일시에 쏟아져 내리며 아름다운 형용을 짓는데, 실로 필설로 형용하기 아름다운 모습을 연출하고 있었다.

D컵 정도의 큰 가슴이나 전혀 처지지 않은 팽팽한 뽀얀 젖가슴이 당당히 하늘을 향해 쳐들려 있었고, 그 끝에 달린 앙증맞을 정도로 작은 오디는 연분홍빛으로 가늘게 떨리고 있어 더욱 흥취(?)를 자아내고 있었다.

그런 그녀의 가슴을 몇 번이고 도둑질하듯 바라보던 병호가 마침내 브래지어를 손에 들고 일어나 그녀의 뒤로 돌아갔다. 그리고 그녀의 가슴을 그 안에 집어넣고 끈으로 졸라매는 과정에서, 몇 번이고 그녀의 가슴을 손으로 잡아 브래지어 안으로 밀어 넣어야 했으니, 두 사람간의 제대로 된 첫 육체적

접촉이었다.

모든 것을 마치고 다시 전면으로 돌아와 그녀를 보는 순간 병호는 감탄이 저절로 나오는 것을 억제할 수가 없었다.

"실로 멋지구나! 눈부시게 아름다워!"

병호의 칭찬에 붉어질 대로 붉어진 그녀의 얼굴이 한껏 달아오르며 살짝 서방의 표정을 훔쳐보았다. 병호는 그런 그녀의 모습은 미처 보지 못하고 그녀의 시선은 여전히 그녀의 가슴에 닿아 있었다.

좀 과장해서 말하면 코끼리 코에 붙은 비스킷처럼 끝만 겨우 가린 그녀의 풍만한 가슴이며 그 골짜기가 너무 탐스러워 병호는 자신도 모르게 침을 꿀꺽 삼키며 말했다.

"좀 작게 만들었지만 그게 당신의 가슴을 더욱 아름답게 표현해 주는 것 같소. 당신도 한 번 보시오."

병호의 말에 천천히 자신의 가슴을 향해 시선을 내리던 그녀가 어느 순간 화들짝 놀라 비명을 질렀다.

"아이고머너나! 이 무슨 망측한 꼴인가? 부끄러워 이걸 어떻게 하고 다녀요?"

"누구에게 보이라는 것이 아니고, 나와 단둘이만 있을 때만 패용하도록."

"그래도 그렇지, 너무 남세스러워 몸 둘 바를 모르겠나이다."

그녀의 허둥대는 모습 또한 보기 좋아 병호가 대소를 터뜨리며 말했다.

"하하하! 이 선물도 받으오."

"또 무슨 선물이 있사옵니까?"

"당신이 처음부터 가슴이 뛴 것에는 다 이유가 있으니, 이 사향수와 향낭 주머니 때문이오."

이렇게 말하며 병호는 선물 꾸러미에서 작은 도자기에 든 사향수와 사향이 든 비단 주머니를 그녀에게 건네주었다. 이를 받아든 지홍이 매우 기뻐하며 말했다.

"평소 갖고 싶었던 물건이옵니다."

그녀의 말 그대로였다. 사향이라는 것 대부분이 중국에서 수입되는 고가의 물건이기 때문에, 웬만큼 행사하는 집안이나 잘 사는 집이 아니고서는 패용하기 어려운 물건이었다.

따라서 지홍도 아직 향낭을 패용하지 않고 있었다. 물론 그녀가 마음만 먹었다면 어떻게 하든 구했을 것이고, 못 사줄 형편의 병호가 아니었지만 아직 지홍은 이런 것에는 욕심을 부리지 않고 있었다. 아니래도 눈부신 미모기 때문에 그랬는지도 모르겠다. 아무튼 그녀의 말에 병호가 답했다.

"그래? 그럼, 잘되었네. 그런데 말이오."

"말씀하세요. 서방~ 님!"

병호의 품으로 쓰러지며 콧소리를 내는 그녀의 모습에 내심 질겁한 병호지만 이를 헛기침으로 달래며 말했다.

"아니래도 눈부시게 아름다운 당신의 미모인데, 이마저 패용하고 다니면 못된 수컷들이 달려드는 봉변을 당할 수도 있소. 하니 이 두 물건은 집에서만 사용하도록."

"저 도자기에 든 것도 사향인가요?"

"그렇소. 사향수라고 조선에서는 유일무이한 물건으로 당신이 최초로 소지하게 되는 것이오."

이렇게 말하며 병호는 직접 도자기 뚜껑을 열어 살짝 냄새를 맡아보며 사용하는 방법을 설명하기 시작했다.

"이 안의 향수를 솜에 아주 조금만 적셔, 양 손목이나 양 겨드랑이에 살짝 찍듯이 하면 되오."

"해볼게요."

그녀의 말에 병호가 향수병을 넘기니 이를 받아 살짝 냄새를 맡아본 지홍이 말했다.

"고린내 비슷하면서도 어딘가 지린 냄새도 나는데 그게 이상하게 전혀 싫지 않네요. 괜히 몸이 후끈 달아오르는 냄새랄까?"

"그런 냄새가 난다는 것은 아직 희석이 덜 되어서 그런 모양이오. 더 희석을 시키면 그런 냄새조차 나지 않으면서도, 사람의 몸을 달아오르게 하는 미약이 그것이오."

"그러니까 이것이 부부의 금슬을 좋게 하는 사랑의 묘약이라는 말씀이시네요."

"그렇소."

"호호호……! 그래서 제 몸이 이상하게 반응했군요."

"아마도 그럴 것이오."

지홍이 자신의 가슴을 내려다보며 말했다.

"그나저나 남세스러운데 꼭 이렇게 해야 되나요?"

"나와 단 둘이 있을 때만."

"평소에는 하라도 못하겠어요. 너무 남세스러워."

"자, 술이나 한 잔 더 합시다."

이 말에 갑자기 지홍이 병호 품에 폭 안기며 말했다.

"서방님, 안아주세요."

"험, 험! 나중에 아주 크게 경을 치게 해 줄 것이니 그런 줄 알고, 지금은 자중하시오."

"매번 흰소리만……!"

투정하는 그녀를 살짝 떼어낸 병호는 그 길로 손수 술을 쳐 자음자작을 했다.

*　　　*　　　*

새벽같이 집을 빠져 나온 병호는 그 길로 바로 연구소로 향했다. 그가 연구소에 도착하니 그를 기다리고 있던 박규수가 반색했다.

"어제 저녁부터 기다리지 않았소?"

"험, 험… 집에 잠시 볼일이 있어서. 아, 이분이?"

병호가 박규수와 함께 서 있는 인물에게 시선을 주자 그가 급히 자신을 소개했다.

"신응조(申應朝)라 하외다. 계전(桂田)이라 불러주면 고맙겠소이다."

"김병호라 합니다."

같이 자신을 소개하며 병호가 그를 자세히 뜯어보니 35세 전후의 나이에 자못 위엄이 있는 생김이라 함부로 대하기 어려운 느낌이 들었다.

"어떻게? 야철을 한 번 담당해 보시겠소?"

"친구에게 대충 듣기는 했으나 천것들이 하는 일 같아, 썩 내키지는 않소."

"하면 무엇 때문에 왔소?"

"하도 친우가 간청하는 바람에……."

"흐흠… 일단 오셨으니 한번 맡아 열심히 해보시고, 세월이 흘러도 정 내키지 않으면 그땐 언제라도 그만둬도 좋소이다."

"그렇게까지 말씀하시니 뒤로 물러나기도 어렵구료. 좋소이다. 한 번 감당해 보리다."

"그러시오. 우선해야 할 일은 만상의 대행수와 접촉하여 야철장(冶鐵匠), 정철장(正鐵匠), 주철장(鑄鐵匠), 수철장(水鐵匠), 여기에 나중을 감안하여 유철장(鍮鐵匠)까지도 뽑아야 할 것이오. 이 일을 행함에 있어서 일머리나 그간의 일도 알아야 하니, 내 한 사람과 대면시켜 주겠소이다."

"알겠소이다."

병호는 곧 곁에 있던 장쇠에게 지시를 내렸다.

"여기 계전을 데리고 가 이파와 만날 수 있게 해주도록."

"알겠습니다. 나리!"

곧 두 사람이 사라지자 병호는 조금 늦은 식사를 하러 식당으로 향했다.

*   *   *

그로부터 보름이 지났다.

점점 날이 더워지는 유월 초순.

병호는 그간 각 연구소를 돌며 장인과 학생들을 지도하며 바쁜 나날을 보냈다.

그러던 중 이날 병호는 이파가 찾아왔다는 소식에 하던 일손을 놓고 그가 거처하는 집 내에 있는 사무실로 향했다. 그가 사무실에 도착하자 기다리고 있던 이파가 한 인물을 소개했다.

"일전에 사장님이 지시한 대로 유능한 덕대 한 사람을 수배해 왔습니다. 인사드리시오."

"지동만(池東滿)이라 하옵니다."

고개를 조아리는 지동만이라는 자를 보아하니 나이는 사십이 채 못 되어 보이고 신분은 상민 같았다. 그런 그를 향해 병호가 물었다.

"혹시 석탄(石炭)이라고 들어보았소?"

"석탄?"

반문하는 '그놈은 무엇에 쓰는 물건인고?'라는 그의 표정에서, 이자 역시 석탄에 대해서는 전혀 모르고 있구나 하는 느낌을 받고 병호는 다른 질문을 던졌다.

『조선의 봄』 3권에 계속…

GAME BALL

게임볼　설경구 장편 소설
FUSION FANTASTIC STORY

무명의 야구인이었던 남자,
우진이 펼치는 야구 감독으로서의 화려한 일대기!

『게임볼』

"이 멤버로 우승을 시키라고?"

가상 야구 게임,
게임볼을 통해 인생 역전을 꿈꾸는

한 남자의 뜨거운 행보에 주목하라!

투신
강태산

박선우 장편소설
FUSION FANTASTIC STORY

무림을 휩쓸던 '야차(夜叉)'가 돌아왔다.

『투신 강태산』

여행사 다니는 따뜻한 하숙생 오빠이자
국가위기 특수대응팀 '청룡'의 수장.
그리고 종합격투기계를 휩쓸어 버린 절대강자.
전 세계를 무대로 펼쳐지는 투신 강태산의 현대 종횡기!!

"나는, 나와 대한민국의 적을, 철저하게 부숴 버릴 것이다."

서러웠던 대한민국은 잊어라!
국민을 사랑하는 대통령과 절대강자 투신이 만들어 나가는
새로운 대한민국이 펼쳐진다!!

Book Publishing CHUNGEORAM

유행이 아닌 자유추구 -
WWW. chungeoram.com

FUSION FANTASTIC STORY

Miracle Direction

서산화 장편소설

기적의 연출

천재 영화감독, 스크린 속 세상을 창조하다!

『기적의 연출』

대문호 신명일과 미모로 손꼽히던 여배우 김희수의 아들 신지호.

일가족은 불운한 사고로 인해 크나큰 비극을 겪는다.

이 사고로 섬광 기억(Flashbulb memory)이라는 능력을 얻게 된 그 순간!

그의 모든 게 달라졌다.

"배우의 혼을 이끌어내고, 관중의 영혼을 붙잡아야 합니다.
그게 제 목표입니다."

완전한 감독을 꿈꾸는 신지호.
이제 그의 영화가, 세상을 홀린다!

Book Publishing CHUNGEORAM

유행이 아닌 자유추구 -
WWW. chungeoram.com